Conversación y repaso
Ninth Edition
Intermediate Spanish

Workbook/Lab Manual

Lynn Sandstedt
University of Northern Colorado

Ralph Kite

THOMSON

HEINLE

Australia | Brazil | Canada | Mexico | Singapore | Spain | United Kingdom | United States

THOMSON

HEINLE

Conversación y repaso
Intermediate Spanish
Workbook/Lab Manual
Ninth Edition
Sandstedt • Kite

Cover Photos: *sun calendar:* © Peter Horree/Index Stock Imagery; *crowd:* Felix Stenson/Alamy; *Mayan sculpture:* RF/Corbis; *bridge:* Sebastian/RF/Alamy; *llama:* Fotos & Photos/Index Stock Imagery; *dancer:* blickwinkel/Alamy; *fish mola:* RF/Corbis; *couple:* Benno deWilde/RF/Alamy; *Easter Island:* Angelo Cavalli/Index Stock Imagery

Thomson Higher Education
25 Thomson Place
Boston, MA 02210-1202
USA

Printed in the United States of America
1 2 3 4 5 6 7   10 09 08 07

ISBN 1-4130-3186-2 / 978-1-4130-3186-7

For more information about our products, contact us at:
Thomson Learning Academic Resource Center
1-800-423-0563
For permission to use material from this text or product, submit a request online at **http://www.thomsonrights.com.**
Any additional questions about permissions can be submitted by email to **thomsonrights@thomson.com**

Índice

Preface

This student activities manual to accompany **Intermediate Spanish:** *Conversación y repaso,* **Ninth Edition,** is a combination of laboratory and written exercise manual. The laboratory manual portion of each unit (designated as **Ejercicios de laboratorio**) is a guide to the audio program for *Conversación y repaso.* The workbook portion (designated as **Ejercicios escritos**) contains controlled written exercises intended to further develop students' writing skills.

The **Ejercicios de laboratorio** section consists of the following sub-sections:

1. The main dialogue, which begins each unit, is read by native Spanish speakers. This is intended to be an exercise in listening comprehension. This reading is followed by by five to ten comprehension questions. These take the form of incomplete sentences, each with a choice of three phrases as possible completions. The student is asked to choose the most appropriate phrase and circle the corresponding letter (**a, b,** or **c**) on the answer form in the manual.

2. Oral pattern drills for reinforcement of the major grammatical structures are presented in each unit of the text. These include substitution drills, replacement drills, transformation drills, and question–answer drills. The directions for each oral exercise are given in the manual as well as on CDs, as is a model sentence if one is appropriate. The correct responses are given on the CDs for immediate confirmation. A pause is provided after the correct response is given for student repetition of the correct answer.

3. There are short passages with cultural information related to the theme of each unit in the text. Each passage is followed by a few listening comprehension questions in the form of true-false statements. The student is asked to say whether the statement is true or false by circling either **V** (**verdadero**) or **F** (**falso**) on the answer form in the manual.

The **Ejercicios escritos** section of each unit consists of exercises that utilize the vocabulary and grammatical structures of the corresponding unit in the text in a variety of new contexts. While some of these exercises are similar in format to those in the text, a number of other types are also included. The answers for these written exercises are listed in the back of the manual in order to give the student an opportunity for immediate self-correction.

The workbook also includes a section called **Actividades creativas,** which gives the student the opportunity to work with the language in a more creative, personalized way. These activities, related structurally and thematically to each unit, present situations that the student might be involved in on a daily basis. They may be assigned as homework although they are designed for use in the classroom as well.

Each unit includes a **Composición** section. These compositions are guided and treat various topics that require the student to use the vocabulary and grammatical structures they studied in the respective unit.

Workbook/Lab Manual

UNIDAD 1

Orígenes de la cultura hispánica: Europa

Ejercicios de laboratorio

Diálogo   CD1, Track 2

Listen to the following conversation.

You will now hear some incomplete sentences, each followed by three possible completions. Choose the most appropriate completion and circle the corresponding letter in your lab manual. You will hear each sentence and its possible completions twice. Now begin.

1. a   b   c   4. a   b   c

2. a   b   c   5. a   b   c

3. a   b   c

Now repeat the correct answers after the speaker.

Estructura

A. The present tense of regular verbs   CD1, Track 3

Listen to the base sentence, then substitute the subject given, making the verb agree with the new subject. Repeat the correct answer after the speaker.

Modelo   A veces Pablo no responde.
Yo
A veces yo no respondo.

1. _____

2. _____

3. _____

B. More regular verbs   CD1, Track 4

Restate the sentence you hear, changing the verb to the first person singular. Then, repeat the correct answer after the speaker.

Modelo   Siempre asistimos a la clase de español.
Siempre asisto a la clase de español.

1. _____

2. _____

3. _____

4. _____

5. _____

6. _____

7. _____

8. _____

9. _____

10. _____

C. Verbs with a stem change from *e* to *ie*   CD1, Track 5

Listen to the base sentence, then substitute the subject given, making the verb agree with the new subject. Repeat the correct answer after the speaker.

1. _____

2. _____

3. _____

4. _____

D. Verbs with a stem change from *o* to *ue*   CD1, Track 6

Listen to the base sentence, then substitute the subject given, making the verb agree with the new subject. Repeat the correct answer after the speaker.

1. _____

2. _____

3. _____

E. Verbs with a stem change from *e* to *i*   CD1, Track 7

Listen to the base sentence, then substitute the subject given, making the verb agree with the new subject. Repeat the correct answer after the speaker.

1. _____

2. _____

F. Stem-changing verbs (summary)   CD1, Track 8

The sentences you will now hear contain stem-changing verbs of all three kinds. After you hear each sentence, restate it, using **Roberto** as the new subject. Then, repeat the correct answer after the speaker.

Modelo   Vuelvo a las cinco.
Roberto vuelve a las cinco.

1. _____

2. _____

3. _____

4. _____

5. _____

6. _____

7. _____

8. _____

9. _____

10. _____

G. Irregular and spelling-change verbs   CD1, Track 9

Restate the sentence you hear, changing the verb to the first person singular. Then, repeat the correct answer after the speaker.

Modelo   Enrique es de España.
Soy de España.

1. _____

2. _____

3. _____

4. _____

5. _____

H. Questions   CD1, Track 10

Answer the following questions affirmatively. Then, repeat the correct answer after the speaker.

Modelo   ¿Eres árabe?
Sí, soy árabe.

1. _____

2. _____

3. _____

4. _____

5. _____

I. Agreement of nouns and adjectives CD1, Track 11

Following the model, change each of the following sentences to the plural. Then, repeat the correct answer after the speaker.

Modelo   Esta lección es difícil.
Estas lecciones son difíciles.

1. _____

2. _____

3. _____

4. _____

5. _____

6. _____

7. _____

Ejercicio de comprensión CD1, Track 12

You will now hear five short passages, followed by two true-false statements each. Listen carefully to the first passage.

Indicate whether the following statements are true or false by circling either **V (verdadero)** or **F (falso)** in your lab manual. You will hear each statement twice.

1. V   F   **2.** V   F

Listen carefully to the second passage.

Now circle either **V** or **F** in your lab manual.

3. V   F   **4.** V   F

Listen carefully to the third passage.

Now circle either **V** or **F** in your lab manual.

5. V   F   **6.** V   F

Listen carefully to the fourth passage.

Now circle either **V** or **F** in your lab manual.

7. V   F   **8.** V   F

Listen carefully to the fifth passage.

Now circle either **V** or **F** in your lab manual.

9. V   F   **10.** V   F

⊞ Ejercicios escritos

I. Verbs in the present tense

Complete with the correct present tense form of the verb in parentheses.

1. Los estudiantes (hablar) _____ de la importancia de los idiomas extranjeros.

2. En esta clase mi amigo y yo (aprender) _____ a hablar español.

3. Ramón casi nunca (asistir) _____ a la clase de historia.

4. Yo (pensar) _____ ir a España durante las vacaciones.

5. ¿A qué hora (empezar) _____ tú a hacer la tarea?

6. Por lo general la gente española (almorzar) _____ a eso de las dos.

7. Mis padres (volver) _____ mañana de su viaje a Europa.

8. Todos (estar) _____ muy animados en la fiesta.

9. José (sentir) _____ la presencia de algo extraño en el cuarto.

10. Elena y Ramón (pedir) _____ información acerca de la influencia extranjera en el español.

11. Este restaurante (servir) _____ platos típicos de África.

12. Sus hermanos (jugar) _____ al tenis todos los días.

13. Las flores en el jardín (oler) _____ bien.

14. Yo (conocer) _____ bien a la chica francesa.

15. Mi primo (recibir) _____ mucho dinero de su abuelo.

16. Yo siempre (corregir) _____ los errores antes de entregar la composición.

17. El papel no (caber) _____ en este cuaderno.

18. Yo no (saber) _____ mucho de los visigodos.

19. Nosotros (salir) _____ mañana para España.

20. El profesor (estar) _____ en la clase.

21. ¿Cuándo (ir) _____ Uds. al centro?

22. Los estudiantes (oír) _____ las campanas de la universidad.

23. Yo (tener) _____ que salir temprano para no llegar tarde.

24. Tú (ser) _____ el estudiante más inteligente de la clase.

25. Su amigo (venir) _____ muchas veces a nuestra casa.

II. Adjective agreement

Answer the questions, following the model.

Modelo　Juan es un alumno preguntón. ¿Y Teresa?
　　　　　Teresa es una alumna preguntona también.

1. El señor García es un buen trabajador. ¿Y la señora García?

_____

2. Ella es una famosa pianista americana. ¿Y él?

_____

3. Su tío es un gran guitarrista español. ¿Y su tía?

_____

4. Es un artículo muy interesante. ¿Y la novela?

_____

5. Es una joven francesa. ¿Y él?

_____

6. Son unos exámenes difíciles. ¿Y las lecciones?

_____

7. Son unas revistas alemanas. ¿Y los periódicos?

_____

8. Son unos sistemas complicados. ¿Y las preguntas?

_____

III. The personal *a*

Complete with the personal **a** where needed.

1. Roberto lleva _____ su amiga a la clase.

2. Tengo _____ unos parientes muy inteligentes.

3. Vemos _____ Elena todos los días en el pasillo.

4. Compramos _____ libros en aquella librería.

5. No conoce _____ nadie en el pueblo.

6. ¿ _____ quién hablan los estudiantes?

7. No veo _____ ninguna chica en esta sala.

8. Prefieren _____ este libro.

⊞ Actividades creativas

A. Compatibilidad

You have applied to live in a student residence at the university. The director of the residence has asked you to describe yourself in order that you may be assigned a compatible roommate. Provide the requested information.

1. ¿Cuántos años tiene Ud.?

   _____

2. ¿En qué año está Ud. en la universidad?

   _____

3. ¿Qué es su especialización *(major)*?

   _____

4. ¿Cuáles son sus clases predilectas?

   _____

5. ¿Cuáles son sus deportes predilectos?

   _____

6. ¿A Ud. qué le gusta comer?

   _____

7. ¿Prefiere Ud. estudiar en su cuarto o en la biblioteca?

   _____

   _____

8. ¿A Ud. le gusta pasar mucho tiempo con sus amigos? ¿Cómo son ellos?

   _____

   _____

9. ¿A Ud. qué le gusta hacer durante su tiempo libre?

   _____

   _____

B. Orientación

You are a member of the university orientation committee for new students. How would you describe the following aspects of student life at your school?

Modelo la universidad:
La universidad no es muy grande pero es muy buena.

1. los profesores:

_____

_____

2. las clases:

_____

_____

3. los exámenes:

_____

_____

4. las tareas *(homework)*:

_____

_____

5. el centro estudiantil:

_____

_____

6. los deportes:

_____

_____

7. la ciudad en que está situada la universidad:

_____

_____

8. la vida cultural:

_____

_____

9. las activades predilectas de los estudiantes:

_____

_____

Composición: Mi clase de español

Imagínese que acaba de terminar Ud. su primera semana de clase. Escriba ahora una descripción sobre su clase de español. En su composición debe incluir información sobre lo siguiente.

- el aspecto físico de la sala de clase, de los estudiantes, del (de la) profesor(a) y de los libros que se usan
- algunas de las actividades diarias
- su opinión personal: ¿Le gusta o no le gusta la clase? ¿Por qué?

¡¡¡ATENCIÓN!!!

Antes de entregarle su composición al (a la) profesor(a), asegúrese de considerar los siguientes puntos:

- el uso del vocabulario de la Unidad 1
- el uso de los aspectos gramaticales presentados en la sección de Estructura de la Unidad 1
- la organización y la claridad en cuanto a la presentación y expresión de las ideas y de las descripciones

---

ATAJO

Grammar: Articles: Definite and indefinite; Nouns: Irregular gender; Orthographic changes **z-ces;** Personal pronouns; Verbs: Infinitive; Adjectives: Agreement; Position; Prepositions: Personal **a**
Phrases: Comparing and contrasting; Describing objects and people **Vocabulary:** classroom; students; languages

---

GUIDELINES

Before beginning to write your composition, read the instructions carefully. Keep in mind the following guidelines as you check your own work.

1. **CONTENT:** Did you include enough detail to show knowledge of the subject?
2. **ORGANIZATION:** Are your main ideas clearly identified? Is the organization logical? Does your composition show clear organization? Does the essay flow well?
3. **VOCABULARY:** Is the vocabulary choice appropriate?
4. **LANGUAGE:** Check the construction of sentences, the agreement between nouns, adjectives and verbs. Are the sentences clearly organized?
5. **MECHANICS:** Check the spelling, punctuation, capitalization. Does your writing show a mastery of mechanics?

You should follow these guidelines for this and subsequent compositions that you will be asked to write in each **Unidad** of the Workbook/Lab Manual.

UNIDAD 2

Orígenes de la cultura hispánica: América

❁ Ejercicios de laboratorio

Diálogo   CD1, Track 13

Listen to the following conversation.

You will now hear some incomplete sentences, each followed by three possible completions. Choose the most appropriate completion and circle the corresponding letter in your lab manual. You will hear each sentence and its possible completions twice.

1. a   b   c

2. a   b   c

3. a   b   c

4. a   b   c

5. a   b   c

Now repeat the correct answers after the speaker.

Estructura

A. The imperfect tense   CD1, Track 14

Listen to the base sentence, then substitute the subject given, making the verb agree with the new subject. Then, repeat the correct answer after the speaker.

1. _____

2. _____

3. _____

4. _____

5. _____

6. _____

B. More verbs in the imperfect   CD1, Track 15

Restate the sentence you will hear, changing the verb to the imperfect tense. Then, repeat the correct answer after the speaker.

Modelo   Comemos muchas papas en casa.
         Comíamos muchas papas en casa.

1. _____

2. _____

3. _____

4. _____

5. _____

6. _____

7. _____

8. _____

C. The preterite tense of regular verbs   CD1, Track 16

Listen to the base sentence, then substitute the subject given, making the verb agree with the new subject. Repeat the correct answer after the speaker.

1. _____

2. _____

3. _____

D. The preterite tense of stem-changing verbs   CD1, Track 17

Restate the sentence you hear, changing the verb to the third person plural. Then, repeat the correct answer after the speaker.

Modelo   Repetí las palabras nuevas.
Repitieron las palabras nuevas.

1. _____

2. _____

3. _____

4. _____

5. _____

6. _____

7. _____

E. The preterite tense of irregular verbs   CD1, Track 18

Restate the sentence you hear, changing the verb to the second person singular. Then, repeat the correct answer after the speaker.

Modelo   No pudieron hacer nada.
No pudiste hacer nada.

1. _____

2. _____

3. _____

4. _____

5. _____

6. _____

7. _____

F. The use of the imperfect and preterite tenses   CD1, Track 19

Change the verb you hear to the correct form of the imperfect or preterite tense, according to the sense of the sentence. Then, repeat the correct answer after the speaker.

Modelo   Siempre estudiamos mucho.
Siempre estudiábamos mucho.

1. _____

2. _____

3. _____

4. _____

5. _____

6. _____

7. _____

G. Direct object pronouns   CD1, Track 20

Restate each sentence you hear, changing the noun object to a direct object pronoun. Then, repeat the correct answer after the speaker.

Modelo   Explicamos varias influencias esta mañana.
Las explicamos esta mañana.

1. _____

2. _____

3. _____

4. _____

5. _____

6. _____

7. _____

H. Reflexive verbs   CD1, Track 21

Listen to the base sentence, then substitute the subject given, making the verb agree with the new subject. Then, repeat the correct answer after the speaker.

1. _____

2. _____

3. _____

I. More reflexive verbs   CD1, Track 22

Restate each sentence you hear, changing the verb in the first person plural. Then, repeat the correct answer after the speaker.

Modelo   Me divierto estudiando el español.
Nos divertimos estudiando el español.

1. _____
2. _____
3. _____
4. _____
5. _____

Ejercicio de comprensión   CD1, Track 23

You will now hear five short passages, followed by two true-false statements each. Listen carefully to the first passage.

Indicate whether the following statements are true or false by circling either **V (verdadero)** or **F (falso)** in your lab manual. You will hear each statement twice.

1. V   F   2. V   F

Listen carefully to the second passage.

Now circle either **V** or **F** in your lab manual.

3. V   F   4. V   F

Listen carefully to the third passage.

Now circle either **V** or **F** in your lab manual.

5. V   F   6. V   F

Listen carefully to the fourth passage.

Now circle either **V** or **F** in your lab manual.

7. V   F   8. V   F

Listen carefully to the fifth passage.

Now circle either **V** or **F** in your lab manual.

9. V   F   10. V   F

❧ Ejercicios escritos

I. Verbs in the imperfect tense

Complete with the correct imperfect tense form of the verb in parentheses.

1. Los hombres (ir) _____ a las reuniones con frecuencia.

2. La chica mexicana (ser) _____ muy lista.

3. Yo (ver) _____ a José todos los días en la clase de antropología.

4. ¿(Estudiar) _____ tú todas las noches en la biblioteca?

5. Mi familia y yo (comer) _____ muchas veces en ese café francés.

6. El estudiante siempre (traducir) _____ las frases con mucho cuidado.

7. Ellos (hablar) _____ de las influencias que las lenguas indígenas tenían sobre el idioma.

8. Su hermano y yo (ser) _____ alumnos en la misma clase de español.

9. Nosotros (ir) _____ todos los días al parque para dar un paseo.

10. Día tras día ellos no (entender) _____ nada de la lección.

II. Verbs in the preterite tense

Complete with the correct preterite tense form of the verb in parentheses.

1. Los invitados (salir) _____ anoche a las once.

2. El profesor (ir) _____ a Chile el año pasado.

3. Yo (trabajar) _____ para esa compañía.

4. Felipe y yo (poner) _____ los papeles en el escritorio.

5. Esa mujer no (decir) _____ la verdad.

6. Ellos me (conducir) _____ a mi cuarto.

7. ¿Qué (saber) _____ tú de aquel señor?

8. Todos (estar) _____ en casa a las ocho.

9. Su padre (dormir) _____ durante todo el concierto.

10. Los estudiantes (repetir) _____ las palabras tres veces.

11. Yo (pagar) _____ 20 pesos por el diccionario.

12. Ella (tocar) _____ el piano varias veces la semana pasada.

13. Yo (buscar) _____ a Tomás por todas partes.

14. Después de sentarse, mi padre (leer) _____ el periódico.

15. Ellos no (oír) _____ el ruido de la calle.

III. Preterite and imperfect

Rewrite the following narrative, changing the numbered verbs from the present to either the preterite or the imperfect tense.

Roberto (1) tiene catorce años. (2) Es un buen chico, pero no le (3) gusta levantarse temprano todos los días para ir a la escuela.

El lunes Roberto (4) duerme hasta muy tarde. (5) Son las siete y media, y él (6) tiene clase a las ocho. Su madre lo (7) llama dos veces y al fin él (8) se levanta, (9) se baña, (10) se viste y (11) se va al comedor para desayunarse. Él (12) come y (13) sale de prisa de la casa.

(14) Es un día hermoso. El sol (15) brilla y los pájaros (16) cantan. Roberto (17) anda rápidamente cuando (18) se encuentra con su amigo José. José (19) es un chico perezoso y no (20) quiere ir a clase. (21) Quiere ir al parque para pasar el día, pero Roberto (22) le dice que él no (23) puede porque (24) tiene que presentar un examen en la clase de historia. (25) Dice también que el señor González, su profesor, (26) es muy estricto y que no (27) quiere ser castigado por no asistir a la clase. Los dos (28) se despiden y Roberto (29) se va a clase. José (30) se queda en la esquina esperando el autobús para ir al parque.

_____

_____

_____

_____

_____

_____

_____

_____

_____

_____

_____

_____

_____

_____

_____

_____

_____

_____

_____

IV. Direct object pronouns

Write the following sentences in Spanish. When necessary, cues have been given to indicate the noun to which the pronoun refers. Some sentences have two possible translations.

1. They saw me last night.

   _____

2. He wanted to buy them. *(libros)*

   _____

3. She read them in the newspaper last night. *(noticias)*

   _____

4. I called you *(fam. sing.)* yesterday.

   _____

5. Our friends visited us last year.

   _____

6. I wrote it before leaving. *(carta)*

   _____

7. He did not want to pay it. *(cuenta)*

   _____

8. We received it last week. *(paquete)*

   _____

V. The reflexive construction

Give the Spanish translation for each of the English phrases in parentheses.

1. *(I put to bed)* _____ a mi hermano a las diez, y *(I went to bed)*

   _____ a las once.

2. Antes de *(bathing herself)* _____, ella *(bathed)* _____

   a su perrito.

3. *(She said good-bye)* _____ de su esposo, y luego *(she fired)*

   _____ a la criada.

4. Después de *(dressing)* _____ a su hermanita, ella también *(got dressed)*

   _____.

5. Nosotras *(noticed)* _____ en que ella siempre *(fastens)*

   _____ una flor en la blusa.

6. Era su responsabilidad (*to awaken*) _____ a sus amigos después de (*waking up*)

   _____ .

7. (*It seems*) _____ que cuando él era joven (*he resembled*)

   _____ mucho a su abuelo.

8. (*He seated*) _____ a su esposa, y luego (*he sat down*)

   _____ .

9. Ella (*took off*) _____ el abrigo y (*removed*) _____ los

   libros de la mesa.

10. (*He put on*) _____ la chaqueta y luego (*he put*) _____

    el lápiz en el bolsillo.

Nombre _____ Fecha _____ Clase _____

⊞ Actividades creativas

A. El fin de semana pasado

Using the suggestions below, write at least six things that you and people you know did or did not do last weekend. Explain why.

Modelo   *Yo no salí con mis amigos porque tenía que hacer muchas tareas.*

Actividades:

ir al cine, a un concierto, etc.
jugar al fútbol, al tenis, etc.
dar un paseo
mirar la televisión
trabajar
salir con unos amigos
quedarse en casa
?

Razones:

tener que hacer muchas tareas
querer descansar
estar cansado(a), enfermo(a), etc.
hacer buen tiempo, mal tiempo, etc.
tener ganas de ver una película, etc.
llover, nevar, etc.
no tener tiempo
?

1. _____
2. _____
3. _____
4. _____
5. _____
6. _____

B. Un cambio

The following people used to do the same thing every summer, but last summer they did something different. Express this change in routine. Be imaginative!

Modelo   *Todos los veranos yo iba a la playa con mi familia, pero el verano pasado fui a México.*

1. mis padres: _____

_____

_____

2. mi hermano(a): _____

_____

_____

3. mis amigos: _____

_____

_____

4. el profesor: _____

_____

_____

5. los estudiantes: _____

_____

_____

6. tú: _____

_____

_____

7. mi amigo y yo: _____

_____

_____

8. el presidente: _____

_____

_____

C. El sábado pasado

Using the verbs below, tell what you did last Saturday. Give the time each activity took place.

Modelo   despertarse
Me desperté a las seis de la mañana.

1. despertarse: _____

_____

2. lavarse: _____

_____

3. afeitarse: _____

_____

4. vestirse: _____

_____

5. irse: _____

_____

6. divertirse: _____

_____

7. volver a casa: _____

_____

8. bañarse: _____

_____

9. acostarse: _____

_____

10. dormirse: _____

_____

Composición: Una experiencia inolvidable

Todo el mundo ha tenido por lo menos una experiencia inolvidable en su vida. Describa un suceso de su vida que no se puede olvidar. En su composición debe incluir información sobre:

- lo que le pasó
- dónde le pasó
- cuándo le pasó
- y si ¿fue una experiencia mala o buena?, y ¿por qué?

¡¡¡ATENCIÓN!!!

Antes de entregarle su composición al (a la) profesor(a), asegúrese de considerar los siguientes puntos:

- el uso del vocabulario de la Unidad 2
- el uso de los aspectos gramaticales presentados en la sección de Estructura de la Unidad 2, especialmente el uso del **imperfecto** y del **pretérito**
- la organización y la claridad en cuanto a la presentación y expresión de las ideas

---

ATAJO

Grammar: Imperfect; Preterite; Irregular preterite; Preterite & Imperfect; Reflexives; Personal pronouns: Direct **Phrases:** Describing people; Expressing an opinion; Describing and talking about things in the past **Vocabulary:** Personality; People; Months; Days of the week

Nombre ______________________ Fecha ____________ Clase ______________

UNIDAD 3

La religión en el mundo hispánico

Ejercicios de laboratorio

Diálogo CD2, Track 2

Listen to the following conversation.

You will now hear some incomplete sentences, each followed by three possible completions. Choose the most appropriate completion and circle the corresponding letter in your lab manual. You will hear each sentence and its possible completions twice. Now begin.

1. a b c

2. a b c

3. a b c

4. a b c

5. a b c

Now repeat the correct answers after the speaker.

Estructura

A. The future tense of regular verbs CD2, Track 3

Listen to the base sentence, then substitute the subject given, making the verb agree with the new subject. Repeat the correct answer after the speaker.

1. ______________________________

2. ______________________________

3. ______________________________

B. The future tense of irregular verbs CD2, Track 4

Restate each sentence you will hear, changing the verb to the future tense. Then, repeat the correct answer after the speaker.

Modelo ¿Qué dice Roberto?
¿Qué dirá Roberto?

1. ______________________________

2. ______________________________

3. ______________________________

4. ______________________________

5. _____

6. _____

7. _____

8. _____

C. The conditional tense   CD2, Track 5

Restate each sentence you hear, changing the verb to the conditional tense. Then, repeat the correct answer after the speaker.

Modelo   No hablaré con el cura.
   No hablaría con el cura.

1. _____

2. _____

3. _____

4. _____

5. _____

6. _____

7. _____

8. _____

9. _____

10. _____

D. Direct and indirect object pronouns   CD2, Track 6

Restate the following sentences, replacing the direct and indirect object nouns with pronouns. Then, repeat the correct answer after the speaker.

Modelo   Le doy el libro al cura.
   Se lo doy.

1. _____

2. _____

3. _____

4. _____

5. _____

6. _____

7. _____

8. _____

E. *Gustar* and similar verbs   CD2, Track 7

Repeat each sentence you hear, then substitute either a new verb or a new indirect object pronoun, depending on the cue you are given. Then, repeat the correct answer after the speaker.

Modelo   Me gustan esos libros
Me gustan esos libros.

quedar
Me quedan esos libros.

le
Le quedan esos libros.

1. _____
2. _____
3. _____
4. _____

F. Questions   CD2, Track 8

Answer each of the following questions in the affirmative, following the model. Then, repeat the correct answer after the speaker.

Modelo   ¿Te gustó la misa?
Sí, me gustó.

1. _____
2. _____
3. _____
4. _____
5. _____
6. _____
7. _____

G. *Ser* and *estar* with adjectives   CD2, Track 9

Today the people you know seem different from the way they usually are. You will hear the following statements about them. Tell how they seem today, using the phrase **pero hoy** and making other necessary changes. Then, repeat the correct answer after the speaker.

Modelo   María no es fea.
María no es fea, pero hoy está fea.

1. _____
2. _____
3. _____
4. _____
5. _____

6. _____

7. _____

Ejercicio de comprensión   CD2, Track 10

You will now hear four short passages, followed by several true-false statements each. Listen carefully to the first passage.

Indicate whether the following statements are true or false by circling either **V (verdadero)** or **F (falso)** in your lab manual. You will hear each statement twice.

1. V   F   **2.** V   F

Listen carefully to the second passage.

Now circle either **V** or **F** in your lab manual.

3. V   F   **4.** V   F

Listen carefully to the third passage.

Now circle either **V** or **F** in your lab manual.

5. V   F   **6.** V   F   **7.** V   F

Listen carefully to the fourth passage.

Now circle either **V** or **F** in your lab manual.

8. V   F   **9.** V   F   **10.** V   F

⌘ Ejercicios escritos

I. The future tense

Change the verbs in the following sentences from the **ir a** + infinitive construction to the future tense.

1. Voy a salir mañana.

   _____

2. Vamos a estudiar la religión católica esta tarde.

   _____

3. ¿Vas a hacer las tareas esta noche?

   _____

4. Van a poner los platos en la mesa.

   _____

5. El cura va a venir tarde.

   _____

6. Reinaldo y yo vamos a asistir a misa.

   _____

7. Voy a tener tiempo para hacerlo después del día de obligación.

   _____

   _____

8. Todos van a decir la verdad.

   _____

II. The conditional tense

Conjugate the verbs in parentheses in the conditional tense.

1. Tomás dijo que Manuel (querer) _____ ir a misa con él.
2. Yo creía que ellos no (decir) _____ una mentira.
3. Era evidente que los obreros (hacer) _____ el trabajo.
4. Me escribió que tú (poder) _____ hacerlo.
5. Ellos me prometieron que no (poner) _____ la ropa allí.
6. Le dije que todos los papeles no (caber) _____ en la cartera.
7. Pensaban que luchar por la religión no (valer) _____ la pena.
8. Leyeron en el periódico que los oficiales de la Iglesia (venir) _____ al pueblo.

III. Indirect object pronouns

Rewrite the following sentences, changing the indirect object pronoun in each according to the cue in parentheses.

1. Te mandó una tarjeta. (a mí) _____

2. Le dio el cheque. (a nosotros) _____

3. Les leyó el cuento. (a ella) _____

4. Le pidió permiso. (a ti) _____

5. Me prestó los libros. (a ellas) _____

6. Te vendió la casa. (a Ud.) _____

IV. Direct and indirect object pronouns

Rewrite the following sentences, changing the underscored words to pronouns and placing the pronouns in the proper position.

1. Me muestran las fotografías.

   _____

2. Nos prestaron la novela.

   _____

3. ¿Vas a contarme los cuentos?

   _____

4. José les escribirá una carta a sus vecinos.

   _____

5. Dijeron que le venderíamos el coche al señor Gómez.

   _____

6. El cura les dio la información a los fieles.

   _____

7. Mi amigo le dijo las respuestas a Ramón.

   _____

8. Queremos mandarle este paquete a mi abuelo.

   _____

9. Están describiéndoles la ciudad a sus clientes.

   _____

10. Tengo que comprar unas revistas para Alicia.

    _____

V. *Gustar* and similar verbs

Answer each of the following questions in the affirmative.

1. ¿Te gustan las misas de la iglesia?

_____

2. ¿Les hace falta a Uds. leer más?

_____

3. ¿Le falta a Ud. bastante dinero?

_____

4. ¿Nos quedan sólo cinco minutos?

_____

5. ¿Les encantan a Uds. las ciudades grandes?

_____

6. ¿Te parecen interesantes los artículos?

_____

7. ¿Le pasó a Ud. algo extraño?

_____

8. ¿Te gustaría hacer un viaje a México?

_____

VI. *Ser* and *estar*

Complete with the correct form of either **ser** or **estar.**

1. Ellos _____ en México, pero no _____ mexicanos.

2. El concierto _____ a las ocho, pero el auditorio _____ muy lejos.

3. Los chicos que _____ jugando en el patio _____ mis primos.

4. Hoy _____ miércoles y ahora yo _____ de vacaciones.

5. Los productos que _____ en aquella tienda _____ de Ecuador.

6. Estos jóvenes generalmente _____ muy felices, pero anoche _____ descontentos.

7. El museo que _____ cerca del parque. _____ el Museo de Antropología.

8. Esta corbata _____ de Roberto. _____ de seda.

9. Nosotros _____ seguros de que la máquina _____ segura *(a safe one)*.

10. En realidad ella no _____ bonita, pero hoy _____ muy bonita.

11. Ellos _____ aburridos *(bored)* porque la clase _____ aburrida *(boring)*.

12. La novela que _____ escrita por Cervantes _____ en la mesa.

13. Juan no _____ cocinero, pero este año _____ de cocinero en la cafetería.

14. _____ las once y todas las puertas _____ cerradas.

15. La sopa _____ rica *(tastes good)* pero no _____ muy caliente.

16. Generalmente él _____ alegre pero hoy _____ muy triste.

17. La conferencia _____ anoche a las ocho pero el profesor no _____ allí.

18. Tomás no _____ enfermo pero siempre _____ muy pálido.

⊞ Actividades creativas

A. Excursión de domingo

You and your friends are planning an outing on Sunday. Indicate what you will do by matching the people on the left with the actions on the right. Add two of your own ideas, too!

Modelo   nosotros / ir a las montañas
              Nosotros iremos a las montañas.

nosotros	hacer el viaje en el coche de Tomás
yo	llevar bocadillos y unos refrescos
el hermano de Roberto	venir con nosotros también
tú	poder sacar fotos con tu nueva cámara
Teresa y su hermana	subir a una montaña
mis amigos	divertirse mucho
?	?

1. _____

2. _____

3. _____

4. _____

5. _____

6. _____

7. _____

8. _____

B. Predicciones

You and some other students are making predictions about the future. Make these predictions by matching the following individuals with the predictions given, then make three original predictions of your own!

Modelo   Pablo / ser presidente de los Estados Unidos.
              Pablo será presidente de los Estados Unidos.

yo	casarse con un hombre (mujer) rico(a)
Luisa	tener una profesión interesante
Uds.	hacer un viaje a España
tú	estar muy contentos
nosotros	vivir en México
?	?

1. _____

2. _____

3. _____

4. _____

5. _____

6. _____

7. _____

8. _____

C. Usted es cura

Imaging that you are a priest in a Latin American country. Tell what you would or would not do, and include two additional ideas.

Modelo   fomentar una revolución social
              Yo fomentaría una revolución social.

1. apoyar una dictadura militar

_____

2. ayudar a los pobres

_____

3. dar dinero para los hospitales

_____

4. participar en la política

_____

5. hacer reformas sociales

_____

6. querer mejorar la vida diaria de la gente

_____

7. (otra posibilidad)

_____

8. (otra posibilidad)

_____

D. El año escolar

You and your friends have not done well in your classes this year. Tell what you would do differently by matching the people on the left with the actions on the right. Add two other suggestions.

Modelo   Yo / estudiar más
              Yo estudiaría más.

nosotros	hacer los ejercicios todos los días
Teresa	comportarse mejor
Miguel	escuchar con más cuidado en las clases
tú	mirar menos televisión
usted	hacer las tareas todas las noches
todos	ir a la biblioteca con más frecuencia
?	?

1. _____

2. _____

3. _____

4. _____

5. _____

6. _____

7. _____

8. _____

E. Opinión personal

Using a form of the verb **gustar, faltar, encantar,** or **importar,** state your positive or negative reaction to each of the following items.

Modelo dinero
Me gusta el dinero. o *No me importa el dinero.*

1. la religión
2. la comida mexicana
3. España y México
4. mi novio(a)
5. la política

6. bailar y cantar
7. mirar la televisión
8. leer y escribir
9. estudiar
10. viajar

1. _____
2. _____
3. _____
4. _____
5. _____
6. _____
7. _____
8. _____
9. _____
10. _____

Composición: La religión, ¿fuerza positiva o negativa?

«Según algunos, la religión tiene un papel importante en la vida diaria de la mayor parte de la gente. Sin embargo, a veces la religión parece causar problemas en lugar de resolverlos».

Escriba ahora su opinión sobre la importancia de la religión en la sociedad y justifíquela. En su composición debe incluir la siguiente información:

- el ser humano y su necesidad de practicar una religión
- ejemplos de la religión como fuerza positiva
- ejemplos de la religión como fuerza negativa
- su opinión sobre el impacto positivo o negativo de la religión

---

¡¡¡ATENCIÓN!!!

Antes de entregarle su composición al (a la) profesor(a), asegúrese de considerar los siguientes puntos:

- el uso del vocabulario de la Unidad 3
- el uso de los aspectos gramaticales presentados en la sección de Estructura de la Unidad 3
- la organización y la claridad en cuanto a la presentación y expresión de las ideas

---

ATAJO

Grammar: Verbs: Future with **ir;** Future; Conditional; **ser** & **estar;** Personal pronouns: Indirect; Indirect **le, les;** Indirect/Direct **Phrases:** Expressing an opinion; Persuading; Stating a preference; Agreeing & disagreeing; Weighing the evidence **Vocabulary:** People; Religions; Upbringing

UNIDAD 4

Aspectos de la familia en el mundo hispánico

Ejercicios de laboratorio

Diálogo CD2, Track 11

Listen to the following conversation.

You will now hear some incomplete sentences, each followed by three possible completions. Choose the most appropriate completion and circle the corresponding letter in your lab manual. You will hear each sentence and its possible completions twice. Now begin.

1. a   b   c   4. a   b   c

2. a   b   c   5. a   b   c

3. a   b   c

Now repeat the correct answers after the speaker.

Estructura

A. The present progressive tense CD2, Track 12

Restate each sentence you hear, changing the verb to the present progressive tense. Then, repeat the correct answer after the speaker.

   Modelo   Leemos la Biblia.
                Estamos leyendo la Biblia.

1. _____

2. _____

3. _____

4. _____

5. _____

6. _____

7. _____

8. _____

9. _____

10. _____

B. The past progressive tense   CD2, Track 13

Restate each sentence you hear, changing the verb to the past progressive tense. Then, repeat the correct answer after the speaker.

Modelo   Elena sigue rezando.
Elena seguía rezando.

1. _____
2. _____
3. _____
4. _____
5. _____

C. The present perfect tense   CD2, Track 14

Restate each sentence you hear, changing the verb to the present perfect tense. Then, repeat the correct answer after the speaker.

Modelo   Vimos esa película italiana.
Hemos visto esa película italiana.

1. _____
2. _____
3. _____
4. _____
5. _____
6. _____
7. _____
8. _____
9. _____
10. _____

D. The pluperfect tense   CD2, Track 15

Restate each sentence you hear, changing the verb to the pluperfect tense. Then, repeat the correct answer after the speaker.

Modelo   Fueron al cine por la tarde.
Habían ido al cine por la tarde.

1. _____
2. _____
3. _____
4. _____

5. _____

6. _____

7. _____

8. _____

9. _____

10. _____

E. The use of *acabar de*   CD2, Track 16

Answer the following questions, using the present tense of **acabar de** in your answers. Then, repeat the correct answer after the speaker.

Modelo   ¿Cuándo fueron al cine?
Acaban de ir al cine.

1. _____

2. _____

3. _____

4. _____

5. _____

F. The long or stressed form of the possessive adjective   CD2, Track 17

Answer each of the following questions in the affirmative, using the stressed form of the possessive adjective. Then, repeat the correct answer after the speaker.

Modelo   Su tío va a acompañarlos.
Un tío suyo va a acompañarlos.

1. _____

2. _____

3. _____

4. _____

5. _____

6. _____

7. _____

G. The possessive pronoun   CD2, Track 18

Answer each of the following questions in the affirmative, using the possessive pronoun. Then, repeat the correct answer after the speaker.

Modelo   ¿Es de Concha esta casa?
Sí, es suya.

1. _____
2. _____
3. _____
4. _____
5. _____
6. _____
7. _____
8. _____
9. _____
10. _____

H. *Hacer* and *hay* with weather expressions   CD2, Track 19

Answer the following questions in the affirmative using one of the forms of **mucho** in your reply. Then, repeat the correct answer after the speaker.

Modelo   ¿Hace frío hoy?
Sí, hace mucho frío.

1. _____
2. _____
3. _____
4. _____
5. _____
6. _____
7. _____
8. _____

I. The use of *hacer* in time expressions   CD2, Track 20

Answer each of the following questions affirmatively, using a form of **hacer** in your reply. Then, repeat the correct answer after the speaker.

> **Modelo**   ¿Cuándo viste la película? ¿Hace un año?
> *Sí, hace un año que vi la película.*

1. _____

2. _____

3. _____

4. _____

5. _____

6. _____

7. _____

8. _____

Ejercicio de comprensión   CD2, Track 21

You will now hear four short passages, followed by several true-false statements each. Listen carefully to the first passage.

Indicate whether the following statements are true or false by circling either **V** (**verdadero**) or **F** (**falso**) in your lab manual. You will hear each statement twice.

1. V   F   2. V   F

Listen carefully to the second passage.

Now circle either **V** or **F** in your lab manual.

3. V   F   4. V   F

Listen carefully to the third passage.

Now circle either **V** or **F** in your lab manual.

5. V   F   7. V   F

6. V   F

Listen carefully to the fourth passage.

Now circle either **V** or **F** in your lab manual.

8. V   F   9. V   F

🟦 Ejercicios escritos

I. The progressive tenses

A. Change the verbs in the following sentences to a form of the progressive using the auxiliary verb **estar.**

1. La nieve cae sobre las montañas.

   _____

2. Carlos no escuchaba las palabras del tío.

   _____

3. Los jóvenes dormían durante la película.

   _____

4. Nosotros decimos la verdad.

   _____

5. Miguel lee un artículo sobre las películas surrealistas.

   _____

6. Las mujeres hacían muchos platos ricos para la cena.

   _____

7. El cura le pedía limosna a la gente.

   _____

8. ¿Traes el dinero para las entradas?

   _____

9. Todos mis parientes viven en el campo.

   _____

10. Los pobres sentían el frío intenso.

   _____

B. Complete each of the following sentences with the appropriate form of the progressive.

1. Después del concierto, el pianista *(kept on playing)* _____.

2. Mi tío *(is gradually earning)* _____ más y más dinero.

3. Los curas *(are going around asking for)* _____ su apoyo.

4. Yo *(keep on making)* _____ los mismos errores todos los días.

5. Nuestras costumbres *(are gradually changing)* _____.

II. The perfect tenses

Complete with the Spanish verb form that corresponds to the English form in parentheses.

1. Ella dijo que *(had seen)* _____ la película.

2. Su madre no *(would have made)* _____ su plato favorito.

3. Mis primos *(had opened)* _____ el paquete en vez de esconderlo.

4. Los jóvenes *(will have solved)* _____ el problema antes de salir.

5. Él me *(has told)* _____ la misma cosa muchas veces.

6. Ellos *(had said)* _____ que no había café en casa.

7. Nosotros les *(have written)* _____ muchas cartas.

8. Al oír eso, yo *(would have gotten angry)* _____.

9. Teresa *(will have put)* _____ la composición en el escritorio del profesor.

10. Los invitados *(have broken)* _____ todos los vasos.

11. Su madre *(will have returned)* _____ para las diez.

12. Yo *(have heard)* _____ la misma conferencia muchas veces.

13. El profesor *(has read)* _____ todas las obras de Cervantes.

14. Yo *(would have believed)* _____ lo que él dijo.

15. Carlos *(has brought)* _____ los boletos para el cine.

III. Uses of the past participle

Complete with the past participle used as an adjective or used with a form of **estar** to describe the result of a previous action.

1. Las joyas *(made)* _____ a mano son de España.

2. Tenemos que memorizar el diálogo *(written)* _____ en esta página.

3. Los cheques *(signed)* _____ están en la mesa. (firmar)

4. Los estudiantes deben practicar con el libro *(closed)* _____.

5. Toda la comida *(is prepared)* _____ para la cena. Mamá la preparó anoche.

6. Carlos compró las entradas. Ahora las entradas *(are purchased)* _____.

7. Concha lavó los platos. Los platos ya *(are washed)* _____.

8. José escribió el ejercicio. El ejercicio ya *(is written)* _____.

IV. Possessive adjectives and pronouns

Complete with the Spanish equivalents of the words in parentheses.

1. *(My)* _____ libros están aquí. ¿Dónde están *(yours)* _____?

2. Un tío *(of ours)* _____ va a visitarnos mañana. *(Our)* _____ tía está enferma y no puede venir.

3. *(Her)* _____ películas favoritas son las francesas. *(Mine)* _____ son las inglesas.

4. ¿Dónde está *(my)* _____ pluma? Ésta es *(hers)* _____.

5. Un abuelo *(of mine)* _____ vive en la capital, pero *(his)* _____ vive cerca de aquí.

6. *(His)* _____ novia sabe preparar platos mexicanos. *(Mine)* _____ no sabe cocinar.

7. *(Their)* _____ padres y *(mine)* _____ salen mañana para el Brasil.

8. *(His)* _____ maletas y *(ours)* _____ están en el cuarto.

V. Interrogative words

Complete with the Spanish interrogative words that correspond to the English words in parentheses.

1. ¿*(Who)* _____ son esos hombres?

2. ¿*(What)* _____ película prefieres ver?

3. ¿*(About whom)* _____ están hablando?

4. ¿*(How many)* _____ boletos tiene Carlos?

5. ¿*(To whom)* _____ le mandó Laura la carta?

6. ¿*(How much)* _____ tiempo necesitas para terminar?

7. ¿*(With whom)* _____ quieren ir al cine?

8. ¿*(What)* _____ es un verbo reflexivo?

9. ¿*(How)* _____ se toca la guitarra?

10. ¿*(Where)* _____ está el monumento histórico?

11. ¿*(When)* _____ sale el avión para Buenos Aires?

12. ¿*(Where)* _____ van sus amigos con tanta prisa?

13. ¿*(Why)* _____ quieres ir de compras hoy?

14. ¿*(For what)* _____ sirve este libro?

15. ¿*(Which)* _____ de estas dos blusas prefiere Ud.?

Nombre _____ Fecha _____ Clase _____

VI. Expressions with *hacer* and *tener*

Write the following in Spanish.

1. When it is sunny, I feel like going to the beach.

_____

2. When it is cold, I am cold.

_____

3. When it is hot, I am hot.

_____

4. When it is windy, I am afraid.

_____

5. When it is very hot, I am very thirsty.

_____

⊞ Actividades creativas

A. Una reunión familiar

You are showing several pictures of a recent family reunion to some of your friends. Explain what each member of your family is doing. Use the present progressive tense. Be imaginative!

Modelo   hermana mayor
Mi hermana mayor está poniendo (setting) *la mesa.*

1. madre: _____

2. padre: _____

3. hermanos: _____

4. abuelo: _____

5. abuela: _____

6. prima: _____

7. tío: _____

8. tía: _____

9. hermana menor y yo: _____

B. Experiencias personales

Using the past perfect tense state five things that you had done before coming to the university. Then state five things that you have done after arriving here using the present perfect tense. Use your imagination!

Modelo   Antes de venir a la universidad, yo había estudiado en una escuela secundaria.
Después de llegar aquí, he aprendido mucho.

Antes de venir a la universidad…

1. _____

2. _____

3. _____

4. _____

5. _____

Después de llegar aquí…

1. _____

2. _____

3. _____

4. _____

5. _____

C. El tiempo

What kind of weather immediately comes to mind when you hear the names of the following places?

> **Modelo**　Siberia
> *Hace mucho frío en Siberia.*

1. España: _____

2. Alaska: _____

3. el Amazonas: _____

4. los Andes: _____

5. Acapulco: _____

6. Inglaterra: _____

D. Información personal

Write the questions that you had to ask in order to find out the following facts about Carlos.

1. Carlos. _____

2. Es de Chile. _____

3. Es el hijo de un amigo de mi padre. _____

4. Es estudiante aquí. _____

5. Hace tres meses que está aquí. _____

6. Vino el seis de marzo. _____

7. Vino por invitación de mis padres. _____

8. Estudia aquí para ser maestro. _____

9. Vive con mi familia. _____

10. Su clase favorita es la de inglés. _____

Composición: Mi familia

«En el mundo hispánico hay más familias extensas que familias nucleares. Por otro lado, en los Estados Unidos uno encuentra más familias nucleares que familias extensas».

Ahora escriba una descripción de su familia. En su composición debe incluir la siguiente información:

- el tamaño de su familia
- una breve descripción de cada miembro de su familia y lo que hace
- la persona de su familia que le gusta más o menos y por qué
- la familia ideal que quiere tener en el futuro

¡¡¡ATENCIÓN!!!

Antes de entregarle su composición al (a la) profesor(a), asegúrese de considerar los siguientes puntos:

- el uso del vocabulario de la Unidad 4
- el uso de los aspectos gramaticales presentados en la sección de Estructura de la Unidad 4
- la organización y la claridad en cuanto a la presentación y expresión de las ideas

ATAJO

Grammar: Verbs: Compound tenses; Compound tenses usage; Progressive tenses; Past participle; Possessive adjectives; Emphatic forms; Possessive pronouns; Interrogatives **Phrases:** Describing people, places and things; Expressing opinions **Vocabulary:** Family members; Hair; People; Personality; Upbringing

UNIDAD 5

El hombre y la mujer en la sociedad hispánica

❀❀ Ejercicios de laboratorio

Diálogo   CD3, Track 2

Listen to the following conversation.

You will now hear some incomplete sentences, each followed by three possible completions. Choose the most appropriate completion and circle the corresponding letter in your lab manual. You will hear each sentence and its possible completions twice.

1. a   b   c

2. a   b   c

3. a   b   c

4. a   b   c

5. a   b   c

Now repeat the correct answers after the speaker.

Estructura

A. The present subjunctive of regular verbs   CD3, Track 3

Restate each of the sentences you hear, placing the word **quizás** at the beginning and changing the verb to the appropriate form of the present subjunctive. Then, repeat the correct answer after the speaker.

Modelo   Roberto desea comer algo.
   Quizás Roberto desee comer algo.

1. _____

2. _____

3. _____

4. _____

5. _____

6. _____

7. _____

8. _____

B. The present subjunctive tense of *-ar* and *-er* stem-changing verbs   CD3, Track 4

Restate each of the sentences you hear, placing **tal vez** at the beginning and changing the verb to the appropriate form of the present subjective. Then, repeat the correct answer after the speaker.

 Modelo   Pierdes las primeras escenas.
 Tal vez pierdas las primeras escenas.

1. _____

2. _____

3. _____

4. _____

5. _____

6. _____

7. _____

C. The present subjunctive of *-ir* stem-changing verbs   CD3, Track 5

Restate each sentence you hear, placing the word **acaso** at the beginning and changing the verb to the appropriate form of the present subjunctive. Then, repeat the correct answer after the speaker.

 Modelo   Lo sienten mucho.
 Acaso lo sientan mucho.

1. _____

2. _____

3. _____

4. _____

5. _____

6. _____

7. _____

D. The present subjunctive tense of irregular verbs   CD3, Track 6

Restate each sentence you hear, placing the word **ojalá** at the beginning and changing the verb to the appropriate form of the present subjunctive. Then, repeat the correct answer after the speaker.

 Modelo   Roberto no sabe nada.
 Ojalá Roberto no sepa nada.

1. _____

2. _____

3. _____

4. _____

5. _____

6. _____

7. _____

E. The commands for *usted* and *ustedes*   CD3, Track 7

Change the following statements to formal commands, following the model. Then, repeat the correct answer after the speaker.

Modelo   El señor García me compra dos boletos.
   Señor García, cómpreme dos boletos.

1. _____

2. _____

3. _____

4. _____

5. _____

6. _____

7. _____

F. The affirmative command for *tú*   CD3, Track 8

Change the following statements to affirmative **tú** commands. Then, repeat the correct answer after the speaker.

Modelo   Carlos me espera.
   Carlos, espérame.

1. _____

2. _____

3. _____

4. _____

5. _____

6. _____

7. _____

8. _____

G. The negative command for *tú*   CD3, Track 9

Change the following statements to negative **tú** commands. Then, repeat the correct answer after the speaker.

Modelo   María no se sienta cerca de él.
María, no te sientes cerca de él.

1. _____
2. _____
3. _____
4. _____
5. _____
6. _____
7. _____

H. The affirmative *nosotros* command   CD3, Track 10

Give another construction for the "let's" command. Then, repeat the correct answer after the speaker.

Modelo   Vamos a sentarnos en esas butacas.
Sentémonos en esas butacas.

1. _____
2. _____
3. _____
4. _____
5. _____
6. _____
7. _____
8. _____

I. The negative command for *nosotros*   CD3, Track 11

Give the negative form of each command you hear. Then, repeat the correct answer after the speaker.

Modelo   Vamos a sentarnos.
No nos sentemos.

1. _____
2. _____
3. _____
4. _____
5. _____

J. Indirect commands   CD3, Track 12

Change the direct commands to indirect commands. Then, repeat the correct answer after the speaker.

Modelo   Siéntese, señor Gómez.
Que se siente el señor Gómez.

1. _____
2. _____
3. _____
4. _____
5. _____
6. _____
7. _____
8. _____

Ejercicio de comprensión   CD3, Track 13

You will now hear three short passages, followed by several true-false statements each. Listen carefully to the first passage.

Indicate whether the following statements are true or false by circling either **V (verdadero)** or **F (falso)** in your lab manual. You will hear each statement twice.

1. V   F   3. V   F

2. V   F

Listen carefully to the second passage.

Now circle either **V** or **F** in your lab manual.

4. V   F   6. V   F

5. V   F   7. V   F

Listen carefully to the third passage.

Now circle either **V** or **F** in your lab manual.

8. V   F   10. V   F

9. V   F   11. V   F

Ejercicios escritos

I. The present subjunctive

Complete with the present subjunctive form of the verb in parentheses.

1. Ojalá que ellos (salir) _____ temprano.

2. Quizás Carlos y Concha (llegar) _____ al cine a tiempo.

3. Tal vez yo no (poder) _____ hacerlo.

4. Ojalá que él me (dar) _____ los boletos.

5. Acaso los estudiantes no (entender) _____ bien la lección.

6. Tal vez nosotros (tener) _____ bastante dinero para comprarlo.

7. Ojalá que ella no (decir) _____ tales tonterías.

8. Quizás nosotros (dormir) _____ mejor en este cuarto.

9. Tal vez ella no (estar) _____ en casa.

10. Ojalá que su tío (saber) _____ el título de la película.

II. Commands

A. Give the affirmative and negative command forms of each of the following verbs as indicated.

		Formal (Ud.)	**Familiar (tú)**	**"Let's"**
1.	sentarse	Aff. _____	_____	_____
		Neg. _____	_____	_____
2.	dar	Aff. _____	_____	_____
		Neg. _____	_____	_____
3.	vender	Aff. _____	_____	_____
		Neg. _____	_____	_____
4.	poner	Aff. _____	_____	_____
		Neg. _____	_____	_____
5.	escribir	Aff. _____	_____	_____
		Neg. _____	_____	_____
6.	ir	Aff. _____	_____	_____
		Neg. _____	_____	_____

B. Answer each of the following questions with an affirmative formal command, changing all object nouns to pronouns in your response.

> **Modelo**   ¿Leo el libro ahora?
> *Sí, léalo Ud.*

1. ¿Hago las tortillas ahora? _____

2. ¿Escribo las frases ahora? _____

3. ¿Busco el coche ahora? _____

4. ¿Sirvo los refrescos ahora? _____

5. ¿Pido el dinero ahora? _____

C. Answer each of the questions on the previous page with an affirmative familiar command, changing all object nouns to pronouns in your response.

> **Modelo**   ¿Leo el libro ahora?
> *Sí, léelo.*

1. _____   **3.** _____

2. _____   **4.** _____

5. _____

D. Answer each of the questions on the previous page with a negative familiar command, changing all object nouns to pronouns in your response.

> **Modelo** ¿Leo el libro ahora?
> *No, no lo leas.*

1. _____   3. _____

2. _____   4. _____

5. _____

E. Answer each of the following questions with a "let's" command, first in the affirmative and then in the negative.

> **Modelo** ¿Comemos el guacamole?
> *Sí, comámoslo. No, no lo comamos.*

1. ¿Cerramos la puerta? _____

_____

2. ¿Servimos los refrescos? _____

_____

3. ¿Nos levantamos ahora? _____

_____

4. ¿Nos acostamos ahora? _____

_____

III. Relative pronouns

Complete with the appropriate relative pronoun.

1. Vicente es el chico _____ estudia en Guadalajara.

2. El periódico _____ está en la mesa es de Colombia.

3. Dan la película en el Cine Mayo, _____ está cerca del centro.

4. El hombre con _____ hablan es el profesor de español.

5. La película de _____ hablo es española.

6. La muchacha a _____ mandó la tarjeta es su novia.

7. Esa mujer _____ está sentada en esa butaca es puertorriqueña.

8. Aquella iglesia, detrás de _____ viven mis abuelos, es muy antigua.

9. Su casa, dentro de _____ hay una fuente, es muy bonita.

10. El novio de la hermana de Pablo, _____ vive en Acapulco, va a visitarnos este verano.

11. _____ no trabajan mucho, ganan poco.

12. No puedo entender _____ él dice.

13. Oyeron un ruido en el pasillo, _____ les pareció extraño.

14. Esa casa, _____ paredes son de ladrillo, es típica de este barrio.

Nombre _____ Fecha _____ Clase _____

⊞ Actividades creativas

A. Ojalá

Using **ojalá (que)** list ten things that you hope your family and/or members of your family may or may not do this year.

    Modelo   *Ojalá que mi madre no esté enferma.*

1. _____
2. _____
3. _____
4. _____
5. _____
6. _____
7. _____
8. _____
9. _____
10. _____

B. Hazlo pronto

List five things that your mother normally tells you to do when you are home. Next, list five things that your father tells you to do. Use familiar commands.

Su madre:

1. _____
2. _____
3. _____
4. _____
5. _____

Su padre:

1. _____
2. _____
3. _____
4. _____
5. _____

C. Ud. es profesor(a)

You are the professor of the Spanish class. List six things that you would tell your students to do. Use formal commands.

Modelo   *Escriban Uds. todos los ejercicios.*

1. _____
2. _____
3. _____
4. _____
5. _____
6. _____

Composición: Una crítica cinematográfica

Imagínese que Ud. es un(a) crítico(a) para un periódico. Escriba ahora una crítica *(critique)* sobre una película que Ud. acaba de ver. En su crítica debe incluir la siguiente información:

- el título de la película
- los nombres de los actores
- un resumen del argumento *(plot)*
- su opinión de la película y de los actores y su justificación

---

¡¡¡ ATENCIÓN!!!

Antes de entregarle su composición al (a la) profesor(a), asegúrese de considerar los siguientes puntos:

- el uso del vocabulario de la Unidad 5
- el uso de los aspectos gramaticales presentados en la sección de Estructura de la Unidad 5 y especialmente el uso del **subjuntivo** con **tal vez, acaso** o **quizás**
- la organización y la claridad en cuanto a la presentación y expresión de las ideas

---

ATAJO

Grammar: Verbs: Subjunctive agreement; Subjunctive with **ojalá;** Imperative **tú;** Indirect commands with **que** relatives; Antecedent suffixes **Phrases:** Asserting and insisting; Comparing and contrasting; Expressing an opinion; Persuading; Stating a preference; Talking about films; Writing a conclusion; Writing about characters; Writing about theme, plot, or scene **Vocabulary:** Cultural periods and movements; Dreams and aspirations; People; Professions; Photography and video; People; Personality

UNIDAD 6

Costumbres y creencias

Ejercicios de laboratorio

Diálogo   CD3, Track 14

Listen to the following conversation.

You will now hear some incomplete sentences, each followed by three possible completions. Choose the most appropriate completion and circle the corresponding letter in your lab manual. You will hear each sentence and its possible completions twice. Now begin.

1. a   b   c   4. a   b   c

2. a   b   c   5. a   b   c

3. a   b   c

Now repeat the correct answers after the speaker.

Estructura

A. Formation of the imperfect subjunctive tense   CD3, Track 15

Listen to the base sentence, then substitute the subject given, making the verb agree with the new subject. Then, repeat the correct answer after the speaker.

Modelo   Dudaba que Pablo asistiera al velorio.
Pablo y María
Dudaba que Pablo y María asistieran al velorio.

tú
Dudaba que tú asistieras al velorio.

1. _____

2. _____

3. _____

4. _____

B. More on the imperfect subjunctive tense   CD3, Track 16

Listen to the base sentence. When you hear a new verb, restate the sentence substituting the new verb for the verb in the noun clause. Then, repeat the correct answer after the speaker.

Modelo   Pablo deseaba que fueran.
salir
Pablo deseaba que salieran.

estudiar
Pablo deseaba que estudiaran.

1. _____
2. _____
3. _____
4. _____

C. Sequence of tenses and use of the imperfect subjunctive tense   CD3, Track 17

Following the cue provided, restate each sentence you hear, using the imperfect subjunctive tense in the noun clause. Then, repeat the correct answer after the speaker.

Modelo   Dudo que lleguen hoy. Dudaba...
Dudaba que llegaran hoy.

1. _____
2. _____
3. _____
4. _____
5. _____
6. _____
7. _____
8. _____
9. _____

D. Formation of the present perfect subjunctive   CD3, Track 18

Replace the present subjunctive in each sentence you hear with the present perfect subjunctive tense. Then, repeat the correct answer after the speaker.

Modelo   Dudo que estén aquí.
Dudo que hayan estado aquí.

1. _____
2. _____
3. _____
4. _____
5. _____

E. Formation of the past perfect subjunctive tense   CD3, Track 19

In each of the sentences you will hear, replace the imperfect subjunctive with the past perfect subjunctive. Then, repeat the correct answer after the speaker.

Modelo   No creía que vinieran.
No creía que hubieran venido.

1. _____
2. _____
3. _____
4. _____
5. _____

F. More on the sequence of tenses   CD3, Track 20

Listen to the base sentence. When you hear a new verb, change the verb in the noun clause to the tense required by the cue. Then, repeat the correct answer after the speaker.

Modelo   Prefieren que hablemos español.
Prefirieron
Prefirieron que habláramos español.

Preferirán
Preferirán que hablemos español.

1. _____
2. _____
3. _____
4. _____

G. The subjunctive with impersonal expressions   CD3, Track 21

Listen to the base sentence, then restate the sentence with the impersonal expression you will hear, using the subjunctive whenever it is required. Then, repeat the correct answer after the speaker.

Modelo   Es verdad que está aquí.
Es posible
Es posible que esté aquí.

Es cierto
Es cierto que está aquí.

1. _____
2. _____
3. _____
4. _____

H. Negative and affirmative words   CD3, Track 22

Make each sentence you hear negative. Then, repeat the correct answer after the speaker.

Modelo   ¿Conoces algún refrán?
¿No conoces ningún refrán?

1. _____

2. _____

3. _____

4. _____

5. _____

6. _____

Ejercicio de comprensión   CD3, Track 23

You will now hear three short passages, followed by several true-false statements each. Listen carefully to the first passage.

Indicate whether the following statements are true or false by circling either **V** (**verdadero**) or **F** (**falso**) in your lab manual. You will hear each statement twice.

1. V   F   2. V   F

3. V   F   4. V   F

Listen carefully to the second passage.

Now circle either **V** or **F** in your lab manual.

5. V   F   7. V   F

6. V   F   8. V   F

Listen carefully to the third passage.

Now circle either **V** or **F** in your lab manual.

9. V   F   11. V   F

10. V   F   12. V   F

✱ Ejercicios escritos

I. Imperfect subjunctive

Write the imperfect subjunctive forms for the following verbs. Use the **-ra** imperfect subjunctive endings.

	Singular	**Plural**
1. preparar	_____	_____
	_____	_____
	_____	_____
2. vender	_____	_____
	_____	_____
	_____	_____
3. escribir	_____	_____
	_____	_____
	_____	_____

II. The subjunctive in noun clauses

Complete with the correct subjunctive or indicative form of the verb in parentheses. Follow the sequence of tenses.

1. Nosotros esperábamos que ellos (estar) _____ en las exequias.

2. Dudo que tú (poder) _____ encontrarlo.

3. Quieren que yo (ir) _____ con ellos al velorio.

4. Ella sentía mucho que nosotros no (tener) _____ tiempo para acompañarla.

5. Nos alegramos de que Uds. (haber) _____ comprado una casa nueva.

6. Fue evidente que él (ser) _____ un hombre importante.

7. Me escribió que (ir) _____ a visitarlo.

8. Es posible que ellos no (salir) _____ mañana.

9. Temo que Tomás no (haber) _____ asistido al velorio.

10. Agradecería que Ud. le (mandar) _____ una carta.

11. Querían que César (conocer) _____ a Elena.

12. ¿Crees que ellos (haber) _____ vuelto de las exequias?

13. No creemos que ella nos (decir) _____ mentiras.

14. Es verdad que los García no (vivir) _____ en este barrio.

15. Ellos prefieren que todos lo (hacer) _____ con mucho cuidado.

16. Es preciso que los invitados (llegar) _____ a las nueve.

17. Dudábamos que el velorio (empezar) _____ esta tarde.

18. Luz María negó que ellos (haber) _____ visto la película.

19. No es dudoso que sus niños (temer) _____ la muerte.

20. El ladrón no negó que él (haber) _____ robado muchas cosas.

21. Fue triste que mi vecino (perder) _____ todo su dinero en la lotería.

22. No es cierto que Manuel (conocer) _____ a don Mario.

23. Me aconsejaron que (firmar) _____ el manuscrito.

24. Elena insistió en que César y Manuel (tomar) _____ una copa.

25. Es importante que nosotros (ir) _____ juntos.

III. Negative and affirmative words

Rewrite the following sentences in the negative, following the model.

Modelo   Tengo algo en la caja.
No tengo nada en la caja.

1. Hay alguien aquí.

_____

2. Hay algo en el vaso.

_____

3. Tengo algunos libros interesantes.

_____

4. Siempre vas al cine con Carlos.

_____

5. Hablan alemán también.

_____

6. Quieren ir o a la ciudad o al campo.

_____

Actividades creativas

A. Una fiesta en la nochevieja (New Year's Eve)

You are an organized person who likes to plan everything in advance. Indicate what you would and would not want to take place at the New Year's Eve party that you are planning.

Modelo Todo el mundo vendrá a la fiesta.
No quiero que todo el mundo venga a la fiesta.

1. Solamente mis amigos íntimos asistirán a la fiesta.

2. Solamente la familia traerá comida a la fiesta.

3. Una orquesta tocará durante la fiesta.

4. Mi hermana cantará unas canciones populares.

5. Todos los amigos hablarán mucho.

6. Mi familia arreglará la mesa para una cena especial.

7. Mis amigos traerán muchas flores.

8. Habrá muchos taquitos y otros platos típicos.

9. Mis amigos y yo bailaremos en la sala.

10. Los invitados se vestirán con ropa muy formal.

11. La fiesta tendrá lugar en mi casa.

12. Toda la gente tendrá que comer las doce uvas de la felicidad.

13. La fiesta será muy elegante y divertida.

B. Un tío rico

Your rich uncle passed away. In his will he left a great deal of money to each member of your family. He also stated what he hoped each one of you would do with it. Indicate what he hopes each of the following family members will do.

Modelo   sobrino
Con el dinero espero que mi sobrino pueda asistir a la universidad.

1. hermano: _____

2. sobrina: _____

3. hermana: _____

4. primos: _____

5. tíos: _____

6. cuñada *(sister-in-law)*: _____

C. Obligaciones

List six things that it was necessary for you to do before you came to class today.

Modelo   *Fue necesario que yo estudiara la lección.*

1. _____

2. _____

3. _____

4. _____

5. _____

6. _____

D. Otra perspectiva

Look at your town or area with a critical eye. What might a visitor not like about it? Using negatives you know (**nada, nadie, ninguno, tampoco, nunca,** etc.), write five sentences that indicate your opinion.

Modelo   *Nunca hay nada que hacer.*

1. _____

2. _____

3. _____

4. _____

5. _____

Nombre _____ Fecha _____ Clase _____

Composición: La compatibilidad: comparación de personalidades

Imagínese que anoche, durante una recepción en la universidad, Ud. conoció a una persona famosa que Ud. admira mucho. Siguiendo el sistema de números que está en la página 161 del libro, Ud. puede averiguar cómo es la verdadera personalidad de Ud. y la de la persona famosa que conoció ayer. Después escriba una comparación de las personalidades para decirle a su profesor(a) si Uds. serían compatibles. En su comparación debe incluir la siguiente información:

- el nombre de la persona famosa
- las características de la personalidad de Ud.
- las características de la personalidad de la persona famosa
- las diferencias y semejanzas entre las personalidades
- si Uds. pueden ser compatibles o no y por qué

¡¡¡ATENCIÓN!!!

Antes de entregarle su composición al (a la) profesor(a), asegúrese de considerar los siguientes puntos:

- el uso del vocabulario de la Unidad 6
- el uso de los aspectos gramaticales presentados en la sección de Estructura de la Unidad 6
- la organización y la claridad en cuanto a la presentación de las ideas

---

ATAJO

Grammar: Verbs: Subjunctive with **que;** Negation **Phrases:** Comparing and contrasting; Expressing opinions; Comparing and contrasting; Describing people; Writing two conclusions **Vocabulary:** Religions; Religious holidays; Calendar; Days and months of the year; Numbers; Personality

UNIDAD 7

Aspectos económicos de Hispanoamérica

❀❀ Ejercicios de laboratorio

Diálogo   CD4, Track 2

Listen to the following conversation.

You will now hear some incomplete sentences, each followed by three possible completions. Choose the most appropriate completion and circle the corresponding letter in your lab manual. You will hear each sentence and its possible completions twice.

1. a   b   c   **4.** a   b   c

2. a   b   c   **5.** a   b   c

3. a   b   c   **6.** a   b   c

Now repeat the correct answers after the speaker.

Estructura

A. The subjunctive in adjective clauses with indefinite antecedents   CD4, Track 3

Following the model, change the verb in the adjective clause to the subjunctive, to show that the antecedent is now indefinite. Then, repeat the correct answer after the speaker.

> **Modelo**   José tiene un libro que le gusta. Busca...
> *José busca un libro que le guste.*

1. _____

2. _____

3. _____

4. _____

5. _____

6. _____

7. _____

8. _____

B. The subjunctive in adjective clauses with negative antecedents CD4, Track 4

Following the model, change the verb in the adjective clause to show that the antecedent is negative. Then, repeat the correct answer after the speaker.

Modelo   Hay una clase que le gusta. No hay ninguna clase...
No hay ninguna clase que le guste.

1. _____
2. _____
3. _____
4. _____
5. _____
6. _____

C. The subjunctive after indefinite expressions CD4, Track 5

Listen to the base sentence. When you hear a new verb, repeat the sentence, replacing the verb that follows the indefinite expression with the correct form of the new verb. Then, repeat the correct answer after the speaker.

Modelo   Cuandoquiera que vengan, los voy a acompañar.
salir
Cuandoquiera que salgan, los voy a acompañar.

entrar
Cuandoquiera que entren, los voy a acompañar.

1. _____
2. _____
3. _____
4. _____

D. Simple prepositions CD4, Track 6

Answer the following questions affirmatively. Then, repeat the correct answer after the speaker.

Modelo   ¿Van ellos con nosotros al cine?
Sí, van con nosotros.

1. _____
2. _____
3. _____
4. _____
5. _____

6. _____

7. _____

8. _____

9. _____

10. _____

E. Compound prepositions   CD4, Track 7

Listen to the base sentence, then substitute the prepositional phrase indicated. Then, repeat the correct answer after the speaker.

Modelo   Fuimos antes de estudiar.
después de
Fuimos después de estudiar.

1. _____

2. _____

3. _____

F. The uses of *por* and *para*   CD4, Track 8

Answer the following questions affirmatively. Then, repeat the correct answer after the speaker.

Modelo   ¿Por quién lo hiciste? ¿Por él?
Sí, lo hice por él.

1. _____

2. _____

3. _____

4. _____

5. _____

6. _____

7. _____

8. _____

9. _____

Ejercicio de comprensión   CD4, Track 9

You will now hear three short passages, followed by several true-false statements each. Listen carefully to the first passage.

Indicate whether the following statements are true or false by circling either **V (verdadero)** or **F (falso)** in your lab manual. You will hear each statement twice.

1. V   F   4. V   F

2. V   F   5. V   F

3. V   F

Listen carefully to the second passage.

Now circle either **V** or **F** in your lab manual.

6. V   F   8. V   F

7. V   F

Listen carefully to the third passage.

Now circle either **V** or **F** in your lab manual.

9. V   F   11. V   F

10. V   F   12. V   F

🔀 Ejercicios escritos

I. The subjunctive in adjective clauses

Complete with the correct form of the verb in parentheses. Use either the indicative or the subjunctive mood, depending upon the antecedent being modified by the adjective clause.

1. Busca una escuela que (ser) _____ buena.

2. No hay ninguna tierra que (valer) _____ más que ésta.

3. No conozco a nadie que se (haber) _____ mudado a la capital.

4. Estoy seguro de que hay alguien que (querer) _____ comprar la choza.

5. La señora Ortiz quería un vestido que (ser) _____ hecho a mano.

6. He leído un libro que (tratar) _____ de la situación económica.

7. El jefe quiere emplear a una secretaria que (saber) _____ español.

8. Su padre quiere una vida que (ofrecer) _____ más oportunidades.

9. Mi hermano quiere vender el coche que él (comprar) _____ el año pasado.

10. Conocemos a una mujer que (poder) _____ decírnosla.

11. Buscábamos un restaurante que (servir) _____ comida francesa.

12. ¿Hay un cine que (dar) _____ películas italianas?

13. Había necesidad de alguien que (saber) _____ de ingeniería.

14. Encontraron a un maestro que lo (explicar) _____ bien.

15. Cualquier persona que (tener) _____ ese número, ganará.

16. Por muy rico que (ser) _____, él no gasta mucho dinero.

17. Cuandoquiera que ellos (salir) _____, estaré contenta.

18. Dondequiera que Uds. (ir) _____, ella querrá ir también.

19. Pensamos visitar el museo que (estar) _____ en esa esquina.

20. Por muy enfermo que (estar) _____, no quiere ver a un médico.

II. *Por* and *para*

Complete with either **por** or **para,** depending upon the meaning of the sentence.

1. Me tomaron _____ extranjero.

2. Salimos mañana _____ la capital.

3. _____ un hombre de sesenta años, baila bien.

4. Fue a la lechería _____ leche.

5. Nos quedan tres artículos _____ leer.

6. Todos los domingos nos paseamos _____ las montañas.

7. Les mandó la carta _____ avión.

8. La comida fue preparada _____ el cocinero francés.

9. Es una caja _____ joyas.

10. Ella estudia _____ pianista.

11. Vendieron la choza _____ 80 pesos.

12. Cuando estoy en la ciudad siempre la llamo _____ teléfono.

13. Los campesinos lo hicieron _____ su patrón.

14. Roberto tiene un regalo _____ su novia.

15. Lo leí _____ él porque era ciego.

16. Son las ocho y todos están listos _____ salir.

17. Tenían que vender la casa _____ no tener dinero _____ pagar el alquiler.

18. Tenemos que terminar la composición _____ el viernes.

19. Todos mis amigos están _____ ir a España el año que viene.

20. Ellos sufren mucho _____ ser tan pobres.

21. La música es _____ todos.

22. La tarea todavía está _____ terminar.

23. La vi anoche _____ primera vez.

24. Tengo aquí una copa de plata _____ vino.

III. Prepositional pronouns

A. Nonreflexive

Complete each sentence with a nonreflexive prepositional pronoun.

1. Los estudiantes no pueden estudiar sin *(them)* _____. (libros)

2. Quieren ir al cine con *(us)* _____.

3. Entre *(you and I)* _____ tenemos suficiente dinero para las entradas.

4. Mis amigos quieren comer *(me)* _____.

5. Tu tío no puede jugar *(you—fam. sing.)* _____ ahora.

6. Ella no quiere mudarse a la ciudad sin *(him)* _____.

B. Reflexive

Complete each sentence with a reflexive prepositional pronoun construction using a form of **mismo.**

1. Los campesinos lo hacen para *(themselves)* _____.

2. La señora preparó la comida para *(herself)* _____.

3. Las mujeres estaban descontentas con *(themselves)* _____.

4. El profesor nunca habló de *(himself)* _____.

⚜ Actividades creativas

A. Problema económico

You have just graduated from college. You have little money, but would like to get married and start a family. Tell some of the things that you need in order to do this. List four more things that you need in addition to what is given here.

Modelo   Necesito...

un empleo / me pagar bien
Necesito un empleo que me pague bien.

Necesito...

1. comprar una casa / no costar mucho

_____

2. casarse con una mujer (un hombre) / ser rica(o)

_____

3. un coche / no usar mucha gasolina

_____

4. un billete de lotería / me hacer ganar mucho dinero

_____

5. encontrar una compañía / me ofrecer la oportunidad de tener promociones

_____

6. una esposa (un esposo) / saber ahorrar dinero

_____

7. _____
8. _____
9. _____
10. _____

B. Una compañía nueva

You are forming a new company that will deal in exporting and importing products to and from Hispanic countries. List some of the things that you are looking for in order to start this new enterprise. List four other things that you may need that are not listed here.

Modelo   Busco...

personas / querer invertir (invest) dinero en la compañía
Busco personas que quieran invertir dinero en la compañía.

Busco...

1. un edificio / ser grande y nuevo

_____

2. empleados / saber hacer manejar (operate) computadoras

_____

3. secretarias(os) / poder hablar español

_____

4. hombres (mujeres) / tener mucha experiencia en negocios internacionales

_____

5. personas / especializarse en propaganda

_____

6. personas / servir de representantes para la compañía en Sudamérica

_____

7. _____

8. _____

9. _____

10. _____

C. La pobreza

Poverty is a serious problem in many Third World countries. Indicate five things that you feel the poor need in order to better themselves.

Modelo   *Los pobres necesitan una educación que sea buena.*

1. _____

2. _____

3. _____

4. _____

5. _____

Composición: Lo que será, será

«Uno de estos días Ud. va a graduarse. Así que hay que planear de antemano para el futuro. Es decir, tiene que pensar en posibles mudanzas, el tipo de trabajo que quiere tener, y muchas otras cosas...»

Ahora imagínese que va a graduarse pronto. Escriba una composición para dejarle saber a su profesor(a) sobre sus planes futuros. En su composición debe incluir la siguiente información sobre:

- el tipo de ciudad que busca y algunas de sus características
- el tipo de trabajo que quiere encontrar
- dónde prefiere vivir, ¿en una casa o en un apartamento? y ¿por qué?
- el matrimonio y la pareja ideal

¡¡¡ATENCIÓN!!!

Antes de entregarle su composición al (a la) profesor(a), asegúrese de considerar los siguientes puntos:

- el uso del vocabulario de la Unidad 7
- el uso de los aspectos gramaticales presentados en la sección de Estructura de la Unidad 7, especialmente el uso del **subjuntivo** en las **cláusulas adjetivales**
- la organización y la claridad en cuanto a la presentación de las ideas

---

ATAJO

Grammar: Prepositions*:* **a, de, para, por Phrases:** Disapproving; Encouraging; Expressing a need; Expressing an opinion; Hypothesizing; Offering; Persuading; Warning; Expressing conditions; Expressing intention; Making transitions; Weighing alternatives; Writing a conclusion
Vocabulary: People; Personality; Upbringing; Dreams and aspirations; Working conditions; Banking; City; House; Office; Professions

UNIDAD 8

Los movimientos revolucionarios del siglo XX

⌘ Ejercicios de laboratorio

Diálogo   CD4, Track 10

Listen to the following conversation.

You will now hear some incomplete sentences, each followed by three possible completions. Choose the most appropriate completion and circle the corresponding letter in your lab manual. You will hear each sentence and its possible completions twice. Now begin.

1. a   b   c   4. a   b   c

2. a   b   c   5. a   b   c

3. a   b   c   6. a   b   c

Now repeat the correct answers after the speaker.

Estructura

A. The subjunctive in adverbial time clauses   CD4, Track 11

Restate the sentence you will hear, changing the verb in the adverbial time clause as indicated by the cue. Then, repeat the correct answer after the speaker.

> **Modelo**   Vamos antes que nos vea.
> hablar
> *Vamos antes que nos hable.*
>
> oír
> *Vamos antes que nos oiga.*

1. _____

2. _____

3. _____

B. More on adverbial time clauses CD4, Track 12

After you hear each sentence, change the verb in the main clause to the future tense and the verb in the adverbial time clause to the present subjunctive. Then, repeat the correct answer after the speaker.

Modelo   Te hablo cuando llegas a la oficina.
Te hablaré cuando llegues a la oficina.

1. _____
2. _____
3. _____
4. _____
5. _____
6. _____

C. Adverbial time clauses referring to the past CD4, Track 13

Following the model, change the verbs in the sentences you will hear to the corresponding past tenses. Then, repeat the correct answers after the speaker.

Modelo   José dice que volverá después que ellos se vayan.
José dijo que volvería después que ellos se fueran.

1. _____
2. _____
3. _____

D. Demonstrative adjectives CD4, Track 14

In each sentence replace the definite article with the correct form of the demonstrative adjective **este.** Then, repeat the correct answer after the speaker.

Modelo   La primaria es muy moderna.
Esta primaria es muy moderna.

1. _____
2. _____
3. _____
4. _____
5. _____

Now, replace the definite article with the correct form of the demonstrative adjective **ese.** Then, repeat the correct answer after the speaker.

1. _____
2. _____

3. _____

4. _____

5. _____

Now, replace the definite article with the correct form of the demonstrative adjective **aquel.** Then, repeat the correct answer after the speaker.

1. _____

2. _____

3. _____

4. _____

5. _____

E. Demonstrative adjectives and pronouns   CD4, Track 15

Substitute the new noun you will hear for the noun in the model sentence, changing the demonstrative adjective and pronoun to agree with it. Then, repeat the correct answer after the speaker.

Modelo   No quiero este libro sino aquél.
   lápices
   No quiero estos lápices sino aquéllos.

   novela
   No quiero esta novela sino aquélla.

1. _____

2. _____

3. _____

F. The reciprocal construction   CD4, Track 16

Following the model, change the following sentences to express the idea of a reciprocal action. Then, repeat the correct answer after the speaker.

Modelo   Emilio habla con su papá todos los días.
   Emilio y su papá se hablan todos los días.

1. _____

2. _____

3. _____

4. _____

5. _____

G. The reflexive for unplanned occurrences CD4, Track 17

Following the model, use the reflexive **se** construction to indicate an unplanned occurrence. Then, repeat the correct answer after the speaker.

Modelo   Olvidé el dinero.
              Se me olvidó el dinero.

1. _____

2. _____

3. _____

4. _____

5. _____

6. _____

Ejercicio de comprensión CD4, Track 18

You will now hear two passages, followed by several true-false statements each. Listen carefully to the first passage.

Indicate whether the following statements are true or false by circling either **V** (**verdadero**) or **F** (**falso**) in your lab manual. You will hear each statement twice.

1. V   F   3. V   F

2. V   F   4. V   F

Listen carefully to the second passage.

Now circle either **V** or **F** in your lab manual.

5. V   F   8. V   F

6. V   F   9. V   F

7. V   F

⌘ Ejercicios escritos

I. Subjunctive and indicative in adverbial time clauses

Complete with the correct form of the verb in parentheses as required by the meaning of the sentence.

1. Ella me llamará en cuanto (llegar) _____ a casa.

2. Los criminales escaparon antes de que nosotros (poder) _____ llamar a la policía.

3. Siempre hay peligro cuando (existir) _____ injusticia social.

4. Dijo que habría una fiesta después de que nosotros (haber) _____ terminado el examen.

5. Cuando yo (visitar) _____ México, compraré muchas cosas hechas a mano.

6. Mientras los niños (estar) _____ durmiendo, tendremos que hablar en voz baja.

7. Trabajaremos hasta que ellos (venir) _____.

8. Tan pronto como él (recibir) _____ el cheque, pagará la cuenta.

9. Cuando mi hermana va de compras, siempre (comprar) _____ un vestido nuevo.

10. Luego que ellos lo (encontrar) _____, lo secuestraron.

11. Él durmió hasta que su criada lo (despertar) _____.

12. Cuando mis amigos (dar) _____ una fiesta, me invitan.

13. Queremos comer antes de que ellos (irse) _____.

14. Siempre van a la playa cuando (estar) _____ de vacaciones.

15. Estudiarán hasta que (haber) _____ aprendido todo.

16. Los jóvenes bailaban mientras la orquesta (tocar) _____.

17. Harán un viaje a Sudamérica cuando (ganar) _____ bastante dinero.

18. Los pobres lucharán hasta que (conseguir) _____ sus derechos civiles.

19. El padre no trabajará en la fábrica después de que su hijo (graduarse) _____.

20. Tan pronto como la policía (anunciar) _____ el nombre del secuestrado, podremos hacer algo para encontrarlo.

21. Hablaré con ellos cuando (volver) _____ del campo.

22. Ella dijo que podría reconocerlo tan pronto como lo (ver) _____.

23. La escribirán cuando (haber) _____ más tiempo.

24. Iremos a las montañas tan pronto como (hacer) _____ buen tiempo.

25. Vamos a ir al concierto después de que ellos (comer) _____.

Nombre _____ Fecha _____ Clase _____

II. Demonstrative adjectives and pronouns

Complete with the correct demonstrative adjective or pronoun.

1. *(This)* _____ es interesante. *(That, near you)* _____ es aburrido.

2. *(That, over there)* _____ fábrica produce más que *(this one)* _____.

3. *(This)* _____ huelga será más seria que *(that one, remote)* _____ del año pasado.

4. Quiero vivir en *(this)* _____ barrio, no en *(that one, remote)* _____.

5. *(Those, over there)* _____ periódicos son mejores que *(those, near you)* _____.

6. *(These)* _____ montañas son más altas que *(those, remote)* _____.

7. Quiero comprar *(this)* _____ novela. No me gustan *(those, near you)* _____.

8. *(That, over there)* _____ coche es caro. *(This one)* _____ es barato.

9. Mi oficina está en *(that, nearby)* _____ rascacielos. La suya está en *(this one)* _____.

10. Preferimos sentarnos en *(that, near you)* _____ silla, no en *(that one, over there)* _____.

III. The reciprocal construction

Write the Spanish equivalent of the words in parentheses.

1. *(We see each other)* _____ todos los días en la universidad.

2. *(They wrote to each other)* _____ dos veces por semana.

3. Mi novia y yo *(used to look at each other)* _____ durante la clase.

4. *(They talk to each other)* _____ cuando se ven en el pasillo.

5. *(We help each other)* _____ con las lecciones diarias.

IV. The reflexive for unplanned occurrences

Complete with the reflexive **se** construction corresponding to the English words in parentheses.

1. *(I forgot)* _____ la llave.

2. *(She broke)* _____ los platos nuevos.

3. *(They lost)* _____ todo el dinero.

4. *(He forgets)* _____ los guantes siempre.

5. *(We lost)* _____ los libros ayer.

❇ Actividades creativas

A. Problemas mundiales

You are a speaker at an international youth conference. You are giving your views as to how the world will be a better place in which to live. Using adverbial conjunctions of time such as **cuando, tan pronto como, después que, en cuanto,** etc., express your ideas. You may use the suggestions listed below in addition to some of your own choosing.

Sugerencias: la gente / hacer esfuerzos para proteger la naturaleza *(nature)*
todo el mundo / tratar de proteger los animales
los diferentes países / estar de acuerdo
todos los seres humanos / ser más responsables
los jóvenes / hacerse más activos
los niños / no tener hambre
todo el mundo / poder tener una buena educación
la gente / saber la verdad
los ricos / compartir *(to share)* su riqueza con los pobres
los gobiernos / empezar reformas sociales
¿ ?

Modelo El mundo será mejor...
El mundo será mejor cuando la gente haga esfuerzos para proteger la naturaleza.

El mundo será mejor...

1. _____

2. _____

3. _____

4. _____

5. _____

6. _____

7. _____

8. _____

9. _____

10. _____

11. _____

12. _____

B. Entrevista política

You are a newspaper reporter. You have just returned from Latin America, where you conducted an interview with a dictator who has promised to make sweeping political and social reforms in his country. Relate the conditions under which he told you that reforms would be made.

Modelo *Dijo que iniciaría reformas cuando se terminara el terrorismo.*

1. Dijo que liberaría a los prisioneros políticos tan pronto como _____

   _____

2. Dijo que habría elecciones libres en cuanto _____

   _____

3. Dijo que cooperaría con la Iglesia después de que _____

   _____

4. Dijo que empezaría a hacer reformas sociales cuando _____

   _____

5. Dijo que crearía más trabajos para los pobres tan pronto como _____

   _____

6. Dijo que construiría más escuelas cuando _____

   _____

7. Dijo que apoyaría una nueva reforma agraria *(agrarian)* cuando _____

   _____

8. Dijo que establecería mejores relaciones con los Estados Unidos tan pronto como _____

   _____

C. Una visita

You have invited your friends to spend the weekend with you. List five things that you tell them that you will do when they visit you.

Modelo *Nosotros miraremos la televisión cuando Uds. me visiten.*

1. _____

2. _____

3. _____

4. _____

5. _____

Nombre _____ Fecha _____ Clase _____

Composición: La paz mundial

«Parece que casi siempre hay revoluciones y guerras por todas partes en el mundo. A veces es difícil entender por qué hay tanto desorden en el mundo, en un país o en una región. Puede ser la pobreza, un conflicto político y/o religioso. Será necesario resolver estos problemas si queremos la paz mundial...»

Imagínese que Ud. es el (la) presidente(a) de los Estados Unidos. Su deseo principal es establecer la paz por todas partes en el mundo, y especialmente en los países de habla española. Escriba ahora una composición sobre lo que Ud. haría para realizar esta meta. En su composición debe incluir la siguiente información sobre:

• las varias razones que causan desorden y conflictos en los países de habla española

• lo que Ud. puede hacer para resolver estos problemas y establecer la paz

• los remedios necesarios para mantener la paz

¡¡¡ATENCIÓN!!!

Antes de entregarle su composición al (a la) profesor(a), asegúrese de considerar los siguientes puntos:

• el uso del vocabulario de la Unidad 8

• el uso de los aspectos gramaticales presentados en la sección de Estructura de la Unidad 8, especialmente el uso del **subjuntivo** en las **cláusulas adverbiales**

• la organización y la claridad en cuanto a la presentación de las ideas

---

A T A J O

Grammar: Demonstrative adjectives; Demonstrative neuter; Demonstrative pronouns; Personal pronouns **Phrases:** Agreeing and disagreeing; Asserting and insisting; Expressing conditions; Expressing intentions; Talking about past events **Vocabulary:** Media; Newsprint; Continents; Countries; Dreams and aspirations

UNIDAD 9

La educación en el mundo hispánico

⚜ Ejercicios de laboratorio

Diálogo   CD5, Track 2

Listen to the following conversation.

You will now hear some incomplete sentences, each followed by three possible completions. Choose the most appropriate completion and circle the corresponding letter in your lab manual. You will hear each sentence and its possible completions twice. Now begin.

1. a   b   c   4. a   b   c

2. a   b   c   5. a   b   c

3. a   b   c   6. a   b   c

Now repeat the correct answers after the speaker.

Estructura

A. The subjunctive after adverbial conjunctions of purpose or proviso   CD5, Track 3

Restate each sentence, changing the verb after the conjunction as indicated. Then, repeat the correct answer after the speaker.

Modelo   No te gradúas sin que estudies.
trabajar
No te gradúas sin que trabajes.

saber estas cosas
No te gradúas sin que sepas estas cosas.

1. _____

2. _____

3. _____

4. _____

B. Sequence of tenses with adverbial conjunctions of purpose or proviso CD5, Track 4

In each sentence you will hear, change the verb to the past tense. Then, repeat the correct answer after the speaker.

Modelo Vamos a explicarlo bien, de modo que ellos nos entiendan.
Íbamos a explicarlo bien, de modo que ellos nos entendieran.

1. _____

2. _____

3. _____

4. _____

5. _____

C. Formation of adverbs ending in *-mente* CD5, Track 5

Following the model, give the adverbial form of each adjective you hear. Then, repeat the correct answer after the speaker.

Modelo Él hizo la tarea fácilmente.
rápido
Él hizo la tarea rápidamente.

1. _____

2. _____

3. _____

D. More on adverbs CD5, Track 6

Change the adverbial expressions in the sentences you will hear from the construction with **con** to the form ending in **-mente.** Then, repeat the correct answer after the speaker.

1. _____

2. _____

3. _____

4. _____

5. _____

E. Comparisons of equality CD5, Track 7

Following the model, combine the two sentences by using a comparison of equality. Then, repeat the correct answer after the speaker.

Modelo María tiene dos libros. Elena tiene dos también.
María tiene tantos libros como Elena.

1. _____

2. _____

3. _____

4. _____

5. _____

F. Comparisons of inequality CD5, Track 8

Following the model, combine the two sentences by using a comparison of inequality with **más.** Then, repeat the correct answer after the speaker.

> **Modelo** Yo tengo algún dinero. Roberto tiene más dinero.
> *Roberto tiene más dinero que yo.*

1. _____

2. _____

3. _____

4. _____

5. _____

G. Regular and irregular comparison of adjectives CD5, Track 9

Repeat each sentence you hear, changing the comparison to give the opposite idea. Then, repeat the correct answer after the speaker.

> **Modelo** Pablo es el muchacho más inteligente de la clase.
> *Pablo es el muchacho menos inteligente de la clase.*

1. _____

2. _____

3. _____

4. _____

5. _____

6. _____

7. _____

8. _____

9. _____

10. _____

Nombre _____ Fecha _____ Clase _____

H. The absolute superlative of adjectives and adverbs CD5, Track 10

Following the model, give the absolute superlative of the adjective or adverb. Then, repeat the correct answer after the speaker.

Modelo Es un joven muy rico.
Es un joven riquísimo.

1. _____
2. _____
3. _____
4. _____
5. _____

Ejercicio de comprensión CD5, Track 11

You will now hear three short passages, followed by several true-false statements each. Listen carefully to the first passage.

Indicate whether the following statements are true or false by circling either **V (verdadero)** or **F (falso)** in your lab manual. You will hear each statement twice.

1. V   F   3. V   F

2. V   F

Listen carefully to the second passage.

Now circle either **V** or **F** in your lab manual.

4. V   F   7. V   F

5. V   F   8. V   F

6. V   F   9. V   F

Listen carefully to the third passage.

Now circle either **V** or **F** in your lab manual.

10. V   F   12. V   F

11. V   F

Nombre ______________________ Fecha ____________ Clase ______________

Ejercicios escritos

I. The subjunctive in adverbial clauses of purpose and proviso

Complete with the correct form of the verb in parentheses, using either the indicative or the subjunctive mood as required by the meaning of the sentence.

1. Quiero estudiar para médico, con tal que mis notas (ser) ______________ buenas.
2. Ellos entraron sin que nosotros los (oír) ______________.
3. Queremos ir mañana al partido de fútbol aunque (hacer) ______________ mal tiempo.
4. Concha va a prestarle su libro, en caso de que él no (poder) ______________ encontrar el suyo.
5. Su primo no puede matricularse en la universidad, a menos que (salir) ______________ bien en el examen.
6. Él trató de contestar la pregunta aunque no (saber) ______________ la respuesta.
7. Su padre le dio más dinero, en caso de que no (tener) ______________ bastante para los boletos.
8. Puedo aprender todos los datos, con tal que ellos me (ayudar) ______________ con mis estudios.
9. Fuimos a la biblioteca para que Juan (buscar) ______________ un diccionario de español.
10. El profesor habló despacio, de modo que todos lo (entender) ______________.
11. Vamos también, con tal que Ud. (comprar) ______________ las entradas.
12. El chico salió, sin que el profesor lo (saber) ______________.
13. La muchacha no puede salir, a menos que su hermano la (acompañar) ______________.
14. En caso de que tú (gastarse) ______________ todo el dinero, yo puedo pagar la cuenta.
15. Asistieron al concierto para que ella (escuchar) ______________ la música sinfónica de la orquesta de Guadalajara.
16. Aunque él nunca (estudiar) ______________, lo sabe todo.
17. Iremos a Sevilla aunque la feria ya (haber) ______________ terminado.
18. Escribió las palabras en su cuaderno, de modo que no las (olvidar) ______________.
19. Voy con Uds., con tal que me (prometer) ______________ no hablar durante la reunión.
20. Salimos temprano para que ellos no (llegar) ______________ tarde a la clase.
21. No podremos oír nada, a menos que ella (hablar) ______________ en voz alta.
22. Él tendrá que buscar empleo, a menos que (recibir) ______________ el cheque hoy.
23. El profesor no se quejará, con tal que Ud. (callarse) ______________ durante la clase.
24. Lo leeré aunque no (ser) ______________ interesante.
25. Se puso la carta en el bolsillo sin que ella la (ver) ______________.

II. Adverbs

Complete the following sentences, following the model.

Modelo   *Carlos es rápido; por eso habla* rápidamente.

1. Elena es cariñosa; por eso me trata _____.

2. Raúl es feliz; por eso canta _____.

3. Alicia es elegante; por eso se viste _____.

4. Susana es cortés; por eso se comporta _____.

5. Jorge es serio; por eso escribe _____.

6. José es triste; por eso habla _____.

7. Luz María es paciente; por eso nos ayuda _____.

8. Víctor es cuidadoso; por eso trabaja _____.

III. Comparisons

Write the Spanish equivalent of the English words in parentheses.

1. Ella tiene *(as much patience as)* _____ una santa.

2. Mi hermano es *(as intelligent as)* _____ el profesor.

3. Este artículo es *(more interesting than)* _____ ése.

4. Ese hombre es *(less poor than)* _____ aquél.

5. Ellos estudian *(as much as)* _____ nosotros.

6. Mi prima es *(extremely fat)* _____.

7. Carlos es *(the worst student in)* _____ la clase.

8. Cervantes escribió *(the best novel)* _____ de la literatura española.

9. Ramón trabaja *(more than)* _____ sus amigos.

10. Tengo *(more than)* _____ 500 pesos en el banco.

11. Su tío tiene *(as many factories as)* _____ su abuelo.

12. Este restaurante es *(better than)* _____ ése.

13. Esta composición es *(worse than)* _____ la mía.

14. Consuelo es *(the oldest)* _____ de su familia.

15. Mi hermano Jorge es *(the youngest)* _____ de nuestra familia.

⧉ Actividades creativas

A. Planes para el futuro

You and your friends are making plans for the future. You are confident that they will be realized provided that certain conditions exist. Express the plans below, then add three new ideas of your own.

Modelo   Yo / graduarse este año / con tal que / mis profesores darme notas buenas
Yo me graduaré este año, con tal que mis profesores me den notas buenas.

1. tú / hacer un viaje a Europa / a menos que / tus padres no mandarte el dinero

   _____

2. Miguel / trabajar en una embajada / con tal que / el gobierno querer emplearlo

   _____

3. Margarita / ser actriz / con tal que / el cine estar listo para recibirla

   _____

4. Tomás y Ricardo / tener mucho éxito / siempre que / nosotros ayudarlos

   _____

5. nosotros / estar muy contentos / a menos que / la mala fortuna impedírnoslo

   _____

6. _____

7. _____

8. _____

B. La clase de español

Using verbs such as **saber, oír, ver,** and **mirar** with the adverbial conjunction **sin que,** list five things that you will do in Spanish class today without the knowledge of the professor.

Modelo   *Yo entraré tarde en la clase hoy sin que el profesor me vea.*

1. _____

2. _____

3. _____

4. _____

5. _____

C. Cumplidos

Using adverbs that you know, make compliments to give to Spanish-speaking friends in the following situations.

Modelo   (to a friend who studies hard in school)
Tú estudias seriamente. Saldrás bien en el examen.

1. (to a friend who can run rapidly)

   _____

2. (to a friend who speaks English clearly)

   _____

3. (to a friend who treats children affectionately)

   _____

4. (to a friend who dresses elegantly)

   _____

5. (to a friend who works diligently)

   _____

6. (to a friend who learns easily)

   _____

D. No es verdad

Your friend Alicia is exaggerating her abilities. You correct her each time.

Modelo   ALICIA: Yo canto mejor que Beverly Sills.
UD.:   *No, no es verdad. Tú cantas peor que ella.*

1. ALICIA: Yo soy más inteligente que tú.

   UD.: _____

2. ALICIA: Yo contesto menos impulsivamente que mi hermano.

   UD.: _____

3. ALICIA: Yo toco el piano mejor que Teresa.

   UD.: _____

4. ALICIA: Yo estudio tanto como Jorge.

   UD.: _____

5. ALICIA: Yo soy tan bonita como Madonna.

   UD.: _____

E. Opiniones personales

For each category below, write a sentence using the superlative and indicating a person or thing that fits into the category. Your opinions may be either complimentary or critical.

Modelo un buen actor *Michael Douglas es el mejor actor de Hollywood.*
o *Michael Douglas es el peor actor de Hollywood.*

1. un libro interesante

_____

2. un restaurante elegante

_____

3. una tienda cara

_____

4. una película fascinante

_____

5. un programa divertido de televisión

_____

6. una buena actriz

_____

7. un mal actor

_____

8. un deporte violento

_____

9. una ciudad bonita

_____

10. unas montañas altas

_____

Composición: El estudio en el extranjero

«*Todos los años una organización internacional le ofrece a un(a) estudiante de su universidad una beca para estudiar en España. Ya que Ud. quiere perfeccionar su español y mejorar su entendimiento de la cultura española, decidió pedir la beca. El comité requiere que el candidato entregue una solicitud y un ensayo*».

Esta composición es el ensayo que debe mandar para pedir la beca. Este ensayo debe contener información personal y presentar la razón (las razones) por la cual (las cuales) el (la) candidato(a) quiere estudiar en el extranjero. En particular, su ensayo debe incluir la siguiente información sobre:

- datos personales tales como su edad, sus pasatiempos predilectos, su progreso académico, su asignatura académica principal, algunas de sus características personales, sus gustos, etc.
- una descripción de su familia y su vida familiar
- sus metas académicas y profesionales
- cómo el estudio en España pueda ayudarlo(la) realizar estas metas

¡¡¡ATENCIÓN!!!

Antes de entregarle su ensayo al (a la) profesor(a), asegúrese de considerar los siguientes puntos:

- el uso del vocabulario de la Unidad 9
- el uso de los aspectos gramaticales presentados en la sección de Estructura de la Unidad 9, especialmente el uso del **subjuntivo** en las **cláusulas adverbiales**
- la organización y la claridad en cuanto a la presentación de las ideas

A T A J O

Grammar: Verbs: Subjunctive with **como si;** Infinitive; Adverbs; Adverb types; Adverbs ending in **-mente;** Comparison: Adjectives; Equality; Inequality irregular **Phrases:** Agreeing and disagreeing; Expressing an opinion; Comparing and contrasting; Talking about a daily routine; Describing; Writing a conclusion **Vocabulary:** Classroom; Languages; Materials; Studies; University; Food; Languages; Means of transportation; Sports; Traveling

UNIDAD 10

La ciudad en el mundo hispánico

✴ Ejercicios de laboratorio

Diálogo   CD5, Track 12

Listen to the following conversation.

You will now hear some incomplete sentences, each followed by three possible completions. Choose the most appropriate completion and circle the corresponding letter in your lab manual. You will hear each sentence and its possible completions twice. Now begin.

1. a   b   c   4. a   b   c

2. a   b   c   5. a   b   c

3. a   b   c   6. a   b   c

Now repeat the correct answers after the speaker.

Estructura

A. *If*-clauses: contrary-to-fact statements   CD5, Track 13

Change the sentence you hear to make it express an idea that is contrary to fact. Then, repeat the correct answer after the speaker.

Modelo   Si está en el café, lo veremos.
              Si estuviera en el café, lo veríamos.

1. _____

2. _____

3. _____

4. _____

5. _____

6. _____

7. _____

B. *If*-clauses: hypothetical or doubtful statements   CD5, Track 14

Restate each sentence following the cues provided to indicate that the statement is hypothetical or doubtful. Then, repeat the correct answer after the speaker.

Modelo   Si pudiera, iría en tren.
tener el tiempo
Si tuviera el tiempo, iría en tren.

hacer mal tiempo
Si hiciera mal tiempo, iría en tren.

1. _____

2. _____

3. _____

C. *Como si*   CD5, Track 15

Restate the following sentences using the phrase **como si.** Then, repeat the correct answer after the speaker.

Modelo   Habla como estudiante, pero no lo es.
Habla como si fuera estudiante.

1. _____

2. _____

3. _____

4. _____

D. Verbs used with prepositions   CD5, Track 16

In each sentence, substitute the correct form of the verb you are given and add a preposition before the following infinitive if one is required. Then, repeat the correct answer after the speaker.

Modelo   Quiero visitarlos en la ciudad.
pensar
Pienso visitarlos en la ciudad.

volver
Vuelvo a visitarlos en la ciudad.

1. _____

2. _____

3. _____

4. _____

E. Diminutives and augmentatives   CD5, Track 17

Restate each sentence you hear using a diminutive with **-ito** or an augmentative with **-ón** to communicate a similar idea. Make the endings agree with the noun. Then, repeat the correct answer after the speaker.

Modelo Pepe es un perro pequeño.
Pepe es un perrito.

1. _____

2. _____

3. _____

4. _____

5. _____

6. _____

7. _____

Ejercicio de comprensión   CD5, Track 18

You will now hear three short passages followed by several true-false statements each. Listen carefully to the first passage.

Indicate whether the following statements are true or false by circling either **V (verdadero)** or **F (falso)** in your lab manual. You will hear each statement twice.

1. V   F   3. V   F

2. V   F   4. V   F

Listen carefully to the second passage.

Now circle either **V** or **F** in your lab manual.

5. V   F   8. V   F

6. V   F   9. V   F

7. V   F

Listen carefully to the third passage.

Now circle either **V** or **F** in your lab manual.

10. V   F   13. V   F

11. V   F   14. V   F

12. V   F   15. V   F

🔳 Ejercicios escritos

I. *If*-clauses

Complete with the correct subjunctive or indicative form of the verb in parentheses.

1. Si (hacer) _____ buen tiempo, podríamos sentarnos en ese café.

2. Si yo (haber) _____ tenido tiempo, lo habría hecho.

3. Si (hacer) _____ sol, iremos al parque.

4. Si ellos me (invitar) _____, iría a la fiesta.

5. Si él (tener) _____ bastante dinero, se matricularía en la universidad.

6. Los chicos hablan como si (conocer) _____ a esas muchachas.

7. Si las chicas (querer) _____, daremos un paseo.

8. Si Tomás (tomar) _____ el autobús, llegaría a casa tarde.

9. Carlos gastó dinero como si (ser) _____ rico.

10. Si todos (estudiar) _____ más, aprenderán mucho.

11. Si nosotros (haber) _____ salido ayer, ya habríamos estado allí.

12. Lola habló como si (saber) _____ la dirección de El Jacarandá.

13. Si yo (salir) _____ bien en el examen, podré entrar en la Facultad de Medicina.

14. Si él me (prestar) _____ 5 pesos, compraría las bebidas.

15. Pablo corre como si (tener) _____ miedo.

16. Si el camarero (venir) _____ a nuestra mesa, pediría unas quesadillas.

17. Si Pedro (llegar) _____ a tiempo, asistiríamos a la conferencia.

18. Si nosotros (ir) _____ de compras hoy, le compraré una blusa nueva.

19. Si el museo (estar) _____ abierto, iría a visitarlo.

20. Si él (poder) _____ cambiar el cheque, le prestaría unas pesetas.

II. Verbs followed by a preposition

Complete with a preposition when needed.

1. Su hermanito insistió _____ ir al cine con nosotros.

2. La comida consistió _____ algunos platos típicos de España.

3. Tenemos que conformarnos _____ las leyes de la universidad.

4. Me encargo _____ hacer el itinerario para el viaje.

5. Sus amigos siempre se burlan _____ Carlos.

6. Carlos tardó mucho _____ terminar sus estudios.

7. Podemos _____ ir a la playa con ellos.

8. Nuestro primo sabe _____ nadar bien.

9. Queremos aprender _____ hablar bien el español.

10. Los hombres se acercaron _____ la plaza.

11. Todos deben fijarse _____ la arquitectura de ese edificio.

12. Ella se preocupa mucho _____ sus estudios.

13. La criada los dejó _____ caer al suelo.

14. Vamos _____ mudarnos a la capital.

15. Todo depende _____ la decisión del presidente.

III. Diminutives and augmentatives

Complete each of the following sentences with the Spanish equivalent of the English words given in parentheses. Use the **-ito(-a), -cito(-a), -ecito(-a)** diminutive endings and the **-ón(-ona)** augmentative endings in this exercise.

1. Vivimos en una *(little house)* _____.

2. Un *(little boy)* _____ entró al café.

3. Compraron un *(little book)* _____ en la librería.

4. Quería comer un *(little piece)* _____ de pan.

5. Su mejor amigo es su *(little dog)* _____.

6. Quiero hacer un viaje con mi *(little friend, buddy)* _____.

7. Cogí todas las *(little flowers)* _____.

8. Su *(little son)* _____ está con su *(grandma)* _____.

9. El *(big, husky man)* _____ trabaja en el hotel.

10. La *(large, husky woman)* _____ es nuestra profesora.

⊞ Actividades creativas

A. Si nosotros tuviéramos mucho dinero

You and some friends are talking about what you would do if you were very rich. Using the ideas below, tell what each person says, then add four more new ideas of your own.

Modelo Andrés / comprar un coche nuevo
Si Andrés fuera muy rico, compraría un coche nuevo.

1. nosotros / hacer muchas cosas interesantes

   _____

2. Ana y Elena / prestar su dinero a sus amigos

   _____

3. tú / ahorrar todo tu dinero

   _____

4. Enrique / poder ir a la luna

   _____

5. Ramón / comer solamente en los mejores restaurantes

   _____

6. yo / dar mucho dinero a los pobres

   _____

7. _____

8. _____

9. _____

10. _____

B. La vida urbana

Write six sentences describing what you would do if you lived in a large city.

Modelo *Si yo viviera en una ciudad grande, asistiría al teatro todas las noches.*

1. _____

2. _____

3. _____

4. _____

5. _____

6. _____

C. ¿Cuándo?

Tell when or under what conditions you would do the following.

Modelo estudiar día y noche
Yo estudiaría día y noche si hubiera un examen en esta clase.

1. ir al hospital

   _____

2. invitar a mis amigos a una fiesta

   _____

3. ganar mucho dinero

   _____

4. prestarles dinero a mis amigos

   _____

5. telefonear a la policía

   _____

6. comer en un restaurante elegante

   _____

7. ir al Perú

   _____

8. casarme

   _____

D. Observaciones

You have just arrived in Mexico City. Using **como si** describe what you hear and see.

Modelo *El policía habla como si lo supiera todo.*

1. Los taxistas manejan como si _____

2. Los vendedores gritan como si _____

3. Los hombres de negocios andan como si _____

4. Los niños juegan en el parque como si _____

5. Las mujeres se hablan como si _____

6. Los mariachis tocan como si _____

Composición: A escoger, ¿la vida de la ciudad o la del campo?

Si tuviera la oportunidad de escoger, ¿dónde viviría, en el campo o en la ciudad? Hay ventajas y desventajas de vivir en los dos lugares, pero será necesario decidir. Escriba ahora una composición sobre este asunto. Su composición debe incluir la siguiente información sobre:

- las ventajas y desventajas de vivir en la ciudad
- las ventajas y desventajas de vivir en el campo
- su preferencia y la justificación

¡¡¡ATENCIÓN!!!

Antes de entregarle su composición al (a la) profesor(a), asegúrese de considerar los siguientes puntos:

- el uso del vocabulario de la Unidad 10
- el uso de los aspectos gramaticales presentados en la sección de Estructura de la Unidad 10, especialmente las cláusulas con "si" (*If*-clauses)
- la organización y la claridad en cuanto a la presentación de las ideas

ATAJO

Grammar: *If*-clauses; **si Phrases:** Talking about daily routines; Asking for and giving directions; Expessing location; Making an appointment; Writing an essay; Writing an introduction
Vocabulary: City; Means of transportation; Arts; Medicine; Professions; Sports; Stores; Working conditions; House; Animals; Insects; Plants; Flower gardens; Trees

UNIDAD 11

Los Estados Unidos y lo hispánico

Ejercicios de laboratorio

Diálogo   CD6, Track 2

Listen to the following conversation.

You will now hear some incomplete sentences, each followed by three possible completions. Choose the most appropriate completion and circle the corresponding letter in your lab manual. You will hear each sentence and its possible completions twice. Now begin.

1. a   b   c   4. a   b   c

2. a   b   c   5. a   b   c

3. a   b   c   6. a   b   c

Now repeat the correct answers after the speaker.

Estructura

A. The true passive construction   CD6, Track 3

Change each sentence you hear from the active to the true passive construction. Then, repeat the correct answer after the speaker.

Modelo   Velázquez pintó ese cuadro.
Ese cuadro fue pintado por Velázquez.

1. _____

2. _____

3. _____

4. _____

5. _____

6. _____

7. _____

8. _____

B. The passive voice with the reflexive *se* CD6, Track 4

Answer each of the following questions affirmatively, using the reflexive **se** in your reply. Then, repeat the correct answer after the speaker.

Modelo ¿Venden libros en esa tienda?
Sí, en esa tienda se venden libros.

1. _____
2. _____
3. _____
4. _____
5. _____
6. _____
7. _____
8. _____
9. _____
10. _____

C. The infinitive CD6, Track 5

Create a new sentence by substituting the word or phrase you are given. Then, repeat the correct answer after the speaker.

Modelo Después de estudiar vamos al cine.
bañarse
Después de bañarnos vamos al cine.

1. _____
2. _____
3. _____
4. _____
5. _____

D. Nominalization   CD6, Track 6

Following the model, nominalize the adjectives in the sentences you hear. Then, repeat the correct answer after the speaker.

Modelo   ¿Conoces a esa mujer rubia?
¿Conoces a esa rubia?

Prefiero este hotel al hotel antiguo.
Prefiero este hotel al antiguo.

1. _____
2. _____
3. _____
4. _____
5. _____
6. _____
7. _____
8. _____
9. _____
10. _____

E. Questions   CD6, Track 7

Answer each question you hear using a nominalized construction in your reply. Then, repeat the correct answer after the speaker.

Modelo   ¿Cuál de los libros quieres? ¿El libro de historia?
Sí, quiero el de historia.

1. _____
2. _____
3. _____
4. _____
5. _____
6. _____
7. _____
8. _____

F. *Pero, sino,* and *sino que*   CD6, Track 8

Combine the two sentences you will hear into one sentence using **pero, sino,** or **sino que.** Then, repeat the correct answer after the speaker.

Modelo   Carlos me ha invitado. No quiero ir.
Carlos me ha invitado, pero no quiero ir.

Mi hermana no es maestra. Es abogada.
Mi hermana no es maestra, sino abogada.

1. _____

2. _____

3. _____

4. _____

5. _____

6. _____

7. _____

8. _____

9. _____

10. _____

Ejercicio de comprensión   CD6, Track 9

You will now hear three short passages, followed by several true-false statements each. Listen carefully to the first passage.

Indicate whether the following statements are true or false by circling either **V** (**verdadero**) or **F** (**falso**) in your lab manual. You will hear each statement twice.

1. V   F   3. V   F

2. V   F   4. V   F

Listen carefully to the second passage.

Now circle either **V** or **F** in your lab manual.

5. V   F   8. V   F

6. V   F   9. V   F

7. V   F

Listen carefully to the third passage.

Now circle either **V** or **F** in your lab manual.

10. V   F   13. V   F

11. V   F   14. V   F

12. V   F   15. V   F

🔆 Ejercicios escritos

I. Verb tense review

Write the first person singular forms of each of the following verbs in the tenses indicated.

	bailar	vender	escribir
Indicative			
1. Present			
2. Present Progressive			
3. Present Perfect			
4. Imperfect			
5. Preterite			
6. Past Progressive			
7. Pluperfect			
8. Future			
9. Future Perfect			
10. Conditional			
11. Conditional Perfect			
Commands			
12. Formal, affirmative			
13. Formal, negative			
14. Familiar, affirmative			
15. Familiar, negative			
16. "Let's" Command			
17. Indirect Command			
Subjunctive			
18. Present			
19. Imperfect			
20. Present Perfect			
21. Pluperfect			

II. The true passive voice

Change each of the following sentences from the active to the passive voice.

Modelo   Marta escribió la carta.
La carta fue escrita por Marta.

1. Carlos compró los boletos de ida y vuelta.

_____

2. Los aztecas construyeron muchas pirámides grandes.

_____

3. El señor Martínez escribió el artículo.

_____

4. El profesor castiga a los estudiantes.

_____

5. El guía arreglará el itinerario.

_____

III. The passive voice with the reflexive *se*

Change the following sentences from the active to the passive voice, using the reflexive **se** with no agent expressed.

Modelo   Roberto vende periódicos allí.
Se venden periódicos allí.

1. El agente vendió los boletos.

_____

2. Ellos habían comido toda la comida.

_____

3. El empleado anunciará el vuelo.

_____

4. Su madre prepara platos típicos.

_____

5. Los chicos lavaron los platos.

_____

IV. Uses of the infinitive

Complete with the correct infinitive.

1. No *(running)* _____ en el pasillo de la escuela.

2. Antes de *(marrying)* _____, es bueno *(to think)* _____.

3. *(Skiing)* _____ es un deporte muy popular.

4. *(Speaking)* _____ más de dos lenguas es necesario hoy día.

5. Los estudiantes prefieren *(reading)* _____; no les gusta *(writing)* _____.

6. Después de *(calling)* _____ al señor López, decidimos *(to buy)* _____ la hacienda.

🔀 Actividades creativas

A. Planes de viaje

Based upon what you know about Mexico and what you have learned from the dialogue in Unit 11, write the names of six places that you would visit in Mexico and why.

Modelo   *Visitaría Oaxaca para ver las ruinas de Monte Albán que están cerca.*

1. _____

2. _____

3. _____

4. _____

5. _____

6. _____

B. Las semejanzas y las diferencias

Based upon what you know about our neighbors south of the border, list five differences and five similarities that exist between the cultures of Mexico and the United States.

Las diferencias:

1. _____

2. _____

3. _____

4. _____

5. _____

Las semejanzas:

1. _____

2. _____

3. _____

4. _____

5. _____

C. A México

Imagine that you could travel to Mexico. Write a paragraph to describe your trip by answering the following questions. Feel free to add ideas of your own.

Preguntas: 1. ¿Por qué quiere visitar Ud. México? 2. ¿Cuándo y con quién va a ir Ud.? 3. ¿Prefiere Ud. visitar las ciudades grandes, los pueblos pequeños o los dos? ¿Por qué? 4. ¿Qué hará Ud. para divertirse y para pasar el tiempo? 5. ¿Dónde quiere Ud. quedarse (con una familia, en un hostal para jóvenes, en un hotel lujoso, etc.)? ¿Por qué? 6. ¿Qué ropa va a traer con Ud.? 7. ¿Qué hace Ud. para prepararse para el viaje? 8. ¿Dónde va a comer durante el viaje? 9. ¿Va a comprar Ud. recuerdos durante su viaje? ¿Qué clase de recuerdos y para quiénes? 10. ¿Cuándo volverá Ud. a casa?

_____

_____

_____

_____

_____

_____

_____

_____

_____

_____

_____

_____

_____

_____

_____

_____

_____

_____

Composición: Mi viaje a México

Después de los exámenes finales del semestre, Ud. y un(a) amigo(a) suyo(a) piensan hacer un viaje a México. Uds. han arreglado todo y están listos para viajar. Escriba ahora una composición sobre el itinerario que van a seguir. Su composición debe incluir la siguiente información sobre:

- el número de días que piensan estar en México
- el tipo de hoteles y de transporte que van a usar
- las regiones, ciudades, monumentos y museos que van a visitar y por qué
- lo que Uds. esperan aprender de la cultura mexicana
- cómo puede ayudarlos esta experiencia en cuanto a sus estudios en la universidad. Explique.

¡¡¡ATENCIÓN!!!

Antes de entregarle su composición al (a la) profesor(a), asegúrese de considerar los siguientes puntos:

- el uso del vocabulario de la Unidad 11
- el uso de los aspectos gramaticales presentados en la sección de Estructura de la Unidad 11
- la organización y la claridad en cuanto a la presentación de las ideas

ATAJO

Grammar: Verbs: Passive; Passive with **se**; But: **pero, sino (que); nada más que** **Phrases:** Asking and giving advice; Asking and giving directions; Asking information; Describing objects; Describing health; Describing weather; Expressing distance; Expressing location; Making something work; Planning a vacation **Vocabulary:** Countries; Regions of a country; Directions and distances; Camping; Food; City; Geography; Means of transportation; Holidays; Stores and products; Traveling; Automobiles; Clothing; Cultural periods and monuments

UNIDAD 12

La presencia hispánica en los Estados Unidos

❇ Ejercicios de laboratorio

Diálogo   CD6, Track 10

Listen to the following conversation.

You will now hear some incomplete sentences, each followed by three possible completions. Choose the most appropriate completion and circle the corresponding letter in your lab manual. You will hear each sentence and its possible completions twice. Now begin.

1. a   b   c   **4.** a   b   c

2. a   b   c   **5.** a   b   c

3. a   b   c   **6.** a   b   c

Now repeat the correct answers after the speaker.

Estructura

A. The use of the definite article   CD6, Track 11

Listen to the model sentence, then make a new sentence by using the word or phrase you are given, modifying the basic sentence accordingly. Then, repeat the correct answer after the speaker.

Modelo   El señor García está en casa.
Don Roberto
Don Roberto está en casa.

señorita Azuela
La señorita Azuela está en casa.

1. _____

2. _____

3. _____

4. _____

5. _____

B. The use of the indefinite article   CD6, Track 12

Listen to the model sentence, then make a new sentence by using the word or phrase you are given, modifying the basic sentence accordingly. Then, repeat the correct answer after the speaker.

> **Modelo**   Tengo un lápiz y una pluma.
> frío terrible
> *Tengo un frío terrible.*

1. _____
2. _____
3. _____

C. Idioms with *tener*   CD6, Track 13

Create a new sentence by substituting the noun indicated and then changing the sentence accordingly. Then, repeat the correct answer after the speaker.

> **Modelo**   Pablo tiene mucha hambre.
> frío
> *Pablo tiene mucho frío.*

1. _____
2. _____
3. _____

D. *Preguntar* and *pedir*   CD6, Track 14

Following the model, use the correct form of **preguntar** or **pedir** according to the sense of the sentence. Then, repeat the correct answer after the speaker.

> **Modelo**   Pido que me den el libro.
> 5 dólares
> *Pido que me den 5 dólares.*
>
> si piensa salir
> *Pregunto si piensa salir.*

1. _____
2. _____
3. _____

E. *Saber* and *conocer*   CD6, Track 15

Following the model, use the correct form of **saber** or **conocer,** according to the sense of the sentence. Then, repeat the correct answer after the speaker.

Modelo   Enrique sabe quiénes son.
México
Enrique conoce México.

1. _____

2. _____

Ejercicio de comprensión   CD6, Track 16

You will now hear three short passages followed by several true-false statements each. Listen carefully to the first passage.

Indicate whether the following statements are true or false by circling either **V (verdadero)** or **F (falso)** in your lab manual. You will hear each statement twice.

1. V   F   **4.** V   F

2. V   F   **5.** V   F

3. V   F

Listen carefully to the second passage.

Now circle either **V** or **F** in your lab manual.

6. V   F   **8.** V   F

7. V   F   **9.** V   F

Listen carefully to the third passage.

Now circle either **V** or **F** in your lab manual.

10. V   F   **13.** V   F

11. V   F   **14.** V   F

12. V   F   **15.** V   F

⌘ Ejercicios escritos

I. The definite article

Complete with the correct definite article when needed.

1. _____ rosas y _____ claveles son flores bonitas.

2. _____ señora Jiménez va a visitarnos hoy.

3. _____ frutas son buenas para la salud.

4. ¿Me permite entrar, _____ señor Pidal?

5. Tenemos clase _____ lunes y _____ viernes.

6. Queremos hacer un viaje a México en _____ verano.

7. Ella puede escribir _____ francés, pero habla muy bien _____ alemán.

8. El hombre se puso _____ sombrero y salió.

9. Antes de comer, yo siempre me lavo _____ manos.

10. Pensamos visitar _____ Argentina y _____ Brasil durante nuestras vacaciones.

11. Me gustan _____ manzanas.

12. Voy a estudiar _____ México antiguo y _____ España medieval.

13. Si es buena poesía, sale de _____ alma de _____ poeta.

14. Su amigo está en _____ cárcel en _____ México.

15. A _____ ocho vamos a ir a _____ iglesia.

II. The indefinite article

Complete with the correct indefinite article when needed.

1. Después de recibir el cheque, voy a comprar _____ casa y _____ coche.

2. El señor González es _____ profesor.

3. La señora Gómez es _____ buena cocinera.

4. No tenemos _____ dinero.

5. Buscamos _____ ayuda.

6. Quisiera vivir en _____ edificio con _____ ascensor.

7. Habla como _____ imbécil.

8. Quisiera comprar _____ otro libro.

9. Nunca hemos encontrado tal _____ problema.

10. Ayer vimos a _____ hombre sin _____ zapatos.

III. *Haber, tener que,* and *deber*

Complete with the correct expression of necessity or obligation.

1. *(We have to)* _____ salir ahora.

2. *(They ought to)* _____ estudiar más.

3. *(He is to)* _____ dar una conferencia esta noche.

4. *(They have to)* _____ ir a casa para las vacaciones.

5. *(He ought to)* _____ prestar más atención a sus estudios.

6. *(They are to)* _____ visitarnos la semana que viene.

7. *(I had to)* _____ comer temprano ayer.

8. *(We must)* _____ trabajar más.

9. *(I am supposed to)* _____ almorzar con ellos.

10. *(She has to)* _____ cambiar el cheque.

⛶ Actividades creativas

A. Para sobrevivir

You would like to make a trip to a Spanish-speaking country for the first time. How well could you survive?
See if you would be able to ask the following questions. (You may refer to the **A conversar** sections of Units
11 and 12 for vocabulary related to travel.)

1. Al taxista:
   Do you know the name of an inexpensive but clean hotel?

   _____

   _____

   Please take me to the Hotel Roma. It's on the corner of Hamburgo Street and the Paseo de la Reforma.

   _____

   _____

   _____

2. Al recepcionista del hotel:
   I don't have a reservation, but I would like a double room with twin beds and a bath with a shower. What
   is the rate per night?

   _____

   _____

   _____

3. A la camarera:
   I lack soap, towels, and toilet paper in my room. My luggage is also missing.

   _____

   _____

   _____

4. Al botones:
   Is there a mailbox in the hotel? I have to mail two postcards. I also need to cash a traveler's check. Is
   there a bank near the hotel where I can do that?

   _____

   _____

   _____

5. A la gerencia:
   I have a stomachache. Do you think that I should go to a doctor's office or to the pharmacy?

   _____

   _____

   _____

6. Al agente de viajes:
I would like to buy a round trip ticket to Acapulco. What is the number of the flight and at what time does it leave?

_____

_____

_____

7. I wanted to go by bus in order to see the countryside, but the trip takes too much time.

_____

_____

_____

8. My friend offered to take me, but his car doesn't run well. It needs a new battery, new brakes, and new tires. He ought to repair it.

_____

_____

_____

_____

9. When I return to the U.S. I am going by train. I have a first-class ticket for the trip between the capital and the border.

_____

_____

_____

Nombre _____ Fecha _____ Clase _____

Composición: Yo quiero mudarme a los Estados Unidos

«Ya se sabe que hay mucha gente en ciertos países hispánicos que quiere mudarse a los Estados Unidos. Los motivos de este fuerte deseo varían de una persona a otra y de un lugar a otro...»

Ahora imagínese que Ud. es una de estas personas que vive en un país del mundo hispánico y que si tuviera la oportunidad, se mudaría a los Estados Unidos. Escriba una composición sobre este asunto. Su composición debe incluir la siguiente información sobre:

- los motivos por los cuales quiere mudarse de su patria *(homeland)* a los Estados Unidos
- las cosas que le atraen para vivir en los Estados Unidos
- la región donde quiere vivir en los Estados Unidos y por qué
- sus esperanzas para el futuro en su nuevo país

¡¡¡ATENCIÓN!!!

Antes de entregarle su composición al (a la) profesor(a), asegúrese de considerar los siguientes puntos:

- el uso del vocabulario de la Unidad 12
- el uso de los aspectos gramaticales presentados en la sección de Estructura de la Unidad 12
- la organización y la claridad en cuanto a la presentación de las ideas

---

ATAJO

Grammar: Articles: Definite; Indefinite **Phrases:** Describing objects; Expressing an opinion; Asking for information; Describing the past; Asking and giving directions; Expressing a need; Expressing intention; Talking about the past, present, and future; Writing a conclusion **Vocabulary:** Languages; Studies; University; Countries; Geography; Customs; Traveling

Answer Key for *Ejercicios escritos*

Answer Key for *Ejercicios escritos*

Unidad 1

I.

1. hablan
2. aprendemos
3. asiste
4. pienso
5. empiezas
6. almuerza
7. vuelven
8. están
9. siente
10. piden
11. sirve
12. juegan
13. huelen
14. conozco
15. recibe
16. corrijo
17. cabe
18. sé
19. salimos
20. está
21. van
22. oyen
23. tengo
24. eres
25. viene

II.

1. La señora García es una buena trabajadora también.
2. Él es un famoso pianista americano también.
3. Su tía es una gran guitarrista española también.
4. Es una novela muy interesante también.
5. Es un joven francés también.
6. Son unas lecciones difíciles también.
7. Son unos periódicos alemanes también.
8. Son unas preguntas complicadas también.

III.

1. a
2. —
3. a
4. —
5. a
6. A
7. a
8. —

Actividades creativas

Possible answers

A. Compatibilidad

1. Tengo diez y nueve años.
2. Estoy en el segundo año en la universidad.
3. Mi especialización es español.
4. Mis clases predilectas son el español, la historia y el inglés.
5. Mis deportes predilectos son el fútbol, el tenis y la natación.
6. Me gusta comer comida italiana.
7. Prefiero estudiar en la biblioteca porque no hay mucho ruido.
8. Sí, me gusta pasar mucho tiempo con mis amigos porque son muy amables y simpáticos.
9. Durante mi tiempo libre, me gusta pasearme por el parque, mirar la televisión e ir al cine.

B. Orientación

1. Los profesores de la universidad son muy inteligentes e interesantes.
2. Las clases son muy buenas. No son muy grandes.
3. Los exámenes son difíciles.
4. Hay muchas tareas todas las noches.
5. El centro estudiantil es muy moderno. Hay dos cafés allí y una librería.
6. Los deportes son muy populares aquí, especialmente el fútbol.
7. Esta ciudad no es muy grande, pero es muy bonita y la gente es muy amable.
8. La vida cultural de la universidad es muy interesante. Hay conciertos, conferencias especiales, bailes y otras actividades.
9. Las actividades predilectas de los estudiantes son los deportes, los conciertos y algunas de las conferencias especiales.

Unidad 2

I.

1. iban
2. era
3. veía
4. Estudiabas
5. comíamos
6. traducía
7. hablaban
8. éramos
9. íbamos
10. entendían

II.

1. salieron
2. fue
3. trabajé
4. pusimos
5. dijo
6. condujeron
7. supiste
8. estuvieron
9. durmió
10. repitieron
11. pagué
12. tocó
13. busqué
14. leyó
15. oyeron

III.

1. tenía
2. Era
3. gustaba
4. durmió
5. Eran
6. tenía
7. llamó
8. se levantó
9. se bañó
10. se vistió
11. se fue
12. comió
13. salió
14. Era
15. brillaba
16. cantaban
17. andaba
18. encontró
19. era
20. quería
21. Quería
22. dijo
23. podía
24. tenía
25. Dijo
26. era
27. quería
28. se despidieron
29. se fue
30. se quedó

IV.

1. Me vieron anoche.
2. Él quería comprarlos. / Él los quería comprar.
3. Ella las leyó en el periódico anoche.
4. (Yo) te llamé ayer.
5. Nuestros amigos nos visitaron el año pasado.
6. (Yo) la escribí antes de salir.
7. Él no quería pagarla. / Él no la quería pagar.
8. (Nosotros) lo recibimos la semana pasada.

V.

1. Acosté / me acosté
2. bañarse / bañó
3. Ella se despidió / despidió
4. vestir / se vistió
5. nos fijamos / fija
6. despertar / despertarse
7. Parece / se parecía
8. Él sentó / se sentó
9. se quitó / quitó
10. Él se puso / puso

Actividades creativas

Possible answers

A. El fin de semana pasado

1. Fuimos al cine porque teníamos muchas ganas de ver una película.
2. Ellos dieron un paseo porque hacía buen tiempo.
3. Él no jugó al fútbol porque estaba enfermo.
4. Ella no miró la televisión porque tenía muchas tareas que hacer.
5. Mis padres salieron con unos amigos porque querían ir a un concierto.
6. El profesor se quedó en casa porque quería descansar.

B. Un cambio

1. Todos los veranos mis padres iban a las montañas, pero el verano pasado fueron a Europa.
2. Todos los veranos mi hermana iba a México para estudiar, pero el verano pasado fue a España.
3. Todos los veranos mis amigos trabajaban en el centro, pero este verano trabajaron en el campo.
4. Todos los veranos el profesor hacía investigaciones en la Biblioteca Nacional de Madrid, pero este verano se quedó en casa.
5. Todos los veranos los estudiantes nadaban en la piscina municipal, pero este verano jugaron al tenis.
6. Todos los veranos (tú) viajabas por el suroeste, pero este verano viajaste a Nueva York, ¿verdad?
7. Todos los veranos mi amigo y yo pintábamos casas, pero este verano vendimos revistas.
8. Todos los veranos el presidente visitaba varios países, pero este verano visitó los estados del oeste.

C. El sábado pasado

1. Me desperté muy tarde.
2. Me lavé la cara y las manos.
3. Me afeité también.
4. Me vestí después.
5. Me fui a un café para cenar.
6. Me divertí mucho porque algunos de mis amigos fueron conmigo.
7. Volví a casa tarde.
8. Me bañé.
9. Me acosté después.
10. Me dormí a la media noche.

Unidad 3

I.

1. saldré
2. estudiaremos
3. harás
4. pondrán
5. vendrá
6. asistiremos
7. tendré
8. dirán

II.

1. querría
2. dirían
3. harían
4. podrías
5. pondrían
6. cabrían
7. valdría
8. vendrían

III.

1. Me mandó una tarjeta.
2. Nos dio el cheque.
3. Le leyó el cuento.
4. Te pidió permiso.
5. Les prestó los libros.
6. Le vendió la casa.

IV.

1. Me las muestran.
2. Nos la prestaron.
3. ¿Vas a contármelos? / ¿Me los vas a contar?
4. José se la escribirá.
5. Dijeron que se lo venderíamos.
6. El cura se la dio.
7. Mi amigo se las dijo.
8. Queremos mandárselo. / Se lo queremos mandar.
9. Están describiéndosela. / Se la están describiendo.
10. Tengo que comprárselas. / Se las tengo que comprar.

V.

1. Sí, me gustan las misas de la iglesia.
2. Sí, nos hace falta leer más.
3. Sí, me falta bastante dinero.
4. Sí, les quedan sólo cinco minutos.
5. Sí, nos encantan las ciudades grandes.
6. Sí, me parecen interesantes los artículos.
7. Sí, me pasó algo extraño.
8. Sí, me gustaría hacer un viaje a México.

VI.

1. están / son
2. es / está
3. están / son
4. es / estoy
5. están / son
6. son / estaban
7. está / es
8. es / Es
9. estamos / es
10. es / está
11. están / es
12. fue / está
13. es / está
14. Son / están
15. está / está
16. es / está
17. fue / estuvo
18. está / es

Actividades creativas

Possible answers

A. Excursión de domingo

1. Nosotros haremos el viaje en el coche de Tomás.
2. Yo llevaré bocadillos y unos refrescos.
3. El hermano de Roberto vendrá con nosotros también.
4. Tú podrás sacar fotos con tu nueva cámara.
5. Teresa y su hermana subirán a una montaña.
6. Mis amigos se divertirán mucho.

7. Todos nosotros volveremos a casa a las cinco de la tarde.

8. Estaremos muy cansados pero contentos.

B. Predicciones

1. Yo me casaré con un hombre (mujer) rico(a).

2. Luisa tendrá una profesión interesante.

3. Uds. harán un viaje a España.

4. Tú estarás muy contento(a).

5. Nosotros viviremos en México.

6. Mi hermana se graduará en la primavera.

7. Después de graduarse visitará a sus amigos en Chile.

8. Ella se quedará en Chile por dos semanas.

C. Usted es cura

1. Yo no apoyaría una dictadura militar.

2. Yo ayudaría a los pobres.

3. Yo daría dinero para los hospitales.

4. Yo no participaría en la política.

5. Yo haría reformas sociales.

6. Yo querría mejorar la vida diaria de la gente.

7. Yo pediría dinero de países más grandes y ricos.

8. Yo trataría cambiar el papel de la Iglesia en la sociedad.

D. El año escolar

1. Nosotros haríamos los ejercicios todos los días.

2. Teresa se comportaría mejor.

3. Miguel escucharía con más cuidad en las clases.

4. Tú miraría menos televisión.

5. Usted haría las tareas todas las noches.

6. Todos irían a la biblioteca con más frecuencia.

7. Nosotros no saldríamos mucho por la noche.

8. Yo me quedaría en casa para estudiar.

E. Opinión personal

1. Me importa la religión.

2. Me gusta la comida mexicana.

3. Me encantan España y México.

4. Me gusta mucho mi novio(a).

5. No me importa la política.

6. Me encanta bailar y cantar.

7. Me gusta mirar la televisión.

8. Me importa leer y escribir.

9. Me falta estudiar.

10. Me gusta viajar.

Unidad 4

I.

A.

1. está cayendo

2. estaba escuchando

3. estaban durmiendo

4. estamos diciendo

5. está leyendo

6. estaban haciendo

7. le estaba pidiendo / estaba pidiéndole

8. estás trayendo

9. están viviendo

10. estaban sintiendo

B.

1. seguía (continuaba) tocando

2. va ganando

3. andan pidiendo

4. sigo (continúo) haciendo

5. van cambiando

II.

1. había visto

2. habría hecho

3. habían abierto

4. habrán resuelto

5. ha dicho

6. habían dicho

7. hemos escrito

8. me habría enojado

9. habrá puesto

10. han roto

11. habrá vuelto

12. he oído

13. ha leído

14. habría creído

15. ha traído

III.

1. hechas

2. escrito

3. firmados

4. cerrado

5. está preparada

6. están compradas

7. están lavados

8. está escrito

IV.

1. Mis / los suyos (tuyos)

2. nuestro / Nuestra

3. Sus / Las mías

4. mi / la suya

5. mío / el suyo

6. Su / La mía

7. Sus / los míos

8. Sus / las nuestras

V.

1. Quiénes

2. Qué

3. De quién

4. Cuántos

5. A quién

6. Cuánto

7. Con quién

8. Qué

9. Cómo

10. Dónde

11. Cuándo

12. Adónde

13. Por qué

14. Para qué

15. Cuál

VI.

1. Cuando hace sol, tengo ganas de ir a la playa.

2. Cuando hace frío, tengo frío.

3. Cuando hace calor, tengo calor.

4. Cuando hace viento, tengo miedo.

5. Cuando hace mucho calor, tengo mucha sed.

Actividades creativas

Possible answers

A. Una reunión familiar

1. Mi madre está preparando la comida.

2. Mi padre está mirando la televisión.

3. Mis hermanos están jugando en el jardín.

4. Mi abuelo está leyendo el periódico.

5. Mi abuela está poniendo la mesa.

6. Mi prima está hablando por teléfono.

7. Mi tío está descansando en el sofá.

8. Mi tía está escuchando música clásica.

9. Mi hermana mayor y yo estamos ayudando a mi madre en la cocina.

B. Experiencias personales

1. Antes de venir a la universidad, yo había trabajado en un hospital. Después de llegar aquí, he estudiado mucho en vez de trabajar.

2. Antes de venir a la universidad, yo había viajado por México. Después de llegar aquí, yo he pasado mucho tiempo en la biblioteca.

3. Antes de venir a la universidad, yo había vendido revistas para ganar dinero. Después de llegar aquí, he gastado mucho dinero.

4. Antes de venir a la universidad, yo había hecho muchas cosas con mis amigos. Después de llegar aquí, he conocido a muchos estudiantes.
5. Antes de venir a la universidad, yo había dormido tarde todos los días. Después de llegar aquí, yo me he levantado muy temprano por la mañana.

C. El tiempo

1. Hace mucho calor en España.
2. Hace mucho frío en Alaska.
3. Hace mucho calor en el Amazonas.
4. Hace mucho viento en los Andes.
5. Hace mucho calor en Acapulco.
6. Hace fresco en Inglaterra.

D. Información personal

1. ¿Cómo se llama?
2. ¿De dónde es él?
3. ¿Quién es?
4. ¿Por qué está aquí?
5. ¿Cuánto tiempo hace que está aquí?
6. ¿Cuándo vino?
7. ¿Quién lo invitó?
8. ¿Para qué estudia?
9. ¿Dónde vive?
10. ¿Cuál es su clase favorita?

Unidad 5

I.

1. salgan
2. lleguen
3. pueda
4. dé
5. entiendan
6. tengamos
7. diga
8. durmamos
9. esté
10. sepa

II.

A.

1. siéntese	siéntate	sentémonos
no se siente	no te sientes	no nos sentemos
2. dé	da	demos
no dé	no des	no demos
3. venda	vende	vendamos
no venda	no vendas	no vendamos
4. ponga	pon	pongamos
no ponga	no pongas	no pongamos
5. escriba	escribe	escribamos
no escriba	no escribas	no escribamos
6. vaya	ve	vamos
no vaya	no vayas	no vayamos

B.

1. Sí, hágalas Ud.
2. Sí, escríbalas Ud.
3. Sí, búsquelo Ud.
4. Sí, sírvalos Ud.
5. Sí, pídalo Ud.

C.

1. Sí, hazlas.
2. Sí, escríbelos.
3. Sí, búscalo.
4. Sí, sírvelos.
5. Sí, pídelo.

D.

1. No, no las hagas.
2. No, no las escribas.
3. No, no lo busques.
4. No, no los sirvas.
5. No, no lo pidas.

E.

1. Sí, cerrémosla.
   No, no la cerremos.
2. Sí, sirvámoslos.
   No, no los sirvamos.
3. Sí, levantémonos.
   No, no nos levantemos.
4. Sí, acostémonos.
   No, no nos acostemos.

III.

1. que
2. que
3. que
4. quien
5. que
6. quien
7. que
8. la cual (la que)
9. la cual (la que)
10. el cual / el que / que
11. Quienes (Los que)
12. lo que
13. lo cual (lo que)
14. cuyas

Actividades creativas

Possible answers

A. Ojalá

1. Ojalá que yo me gradúe de la universidad en la primavera.
2. Ojalá que mis padres me visiten durante las vacaciones.
3. Ojalá que mi padre reciba una promoción en la compañía donde trabaja.
4. Ojalá que mi familia viaje por España este verano.
5. Ojalá que mi hermana gane una beca de la universidad.
6. Ojalá que mis amigos vivan conmigo en la residencia estudiantil.
7. Ojalá que mis clases no sean difíciles durante el semestre que viene.
8. Ojalá que todo el mundo esté en paz.
9. Ojalá que toda mi familia esté de buena salud.
10. Ojalá que yo encuentre un trabajo después de graduarme.

B. Hazlo pronto

1. Cuelga la ropa.
2. Come más despacio.
3. Llama a tu abuela.
4. Dime algo de tus experiencias en la universidad.
5. Acuéstate temprano esta noche.

1. No manejes rápido.
2. No hables con tus amigos por teléfono.
3. Pon el coche en el garaje.
4. No salgas mucho.
5. Vuelve a casa temprano todas las noches.

C. Ud. es profesor(a)

1. Saquen los papeles de ejercicios.
2. Cierren el libro.
3. Presten atención.
4. Escuchen bien.
5. Describan lo que pasa en esta foto.
6. Pongan las composiciones en mi mesa.

Unidad 6

I.

1. preparara — preparáramos
   prepararas — prepararais
   preparara — prepararan
2. vendiera — vendiéramos
   vendieras — vendierais
   vendiera — vendieran
3. escribiera — escribiéramos
   escribieras — escribierais
   escribiera — escribieran

II.

1. estuvieran
2. puedas
3. vaya
4. tuviéramos
5. hayan; hubieran
6. era
7. fuera
8. salgan
9. haya
10. mandara
11. conociera
12. hayan
13. diga
14. viven
15. hagan
16. lleguen
17. empezara
18. hubieran
19. temen
20. había
21. perdiera
22. conozca
23. firmara
24. tomaran
25. vayamos

III.

1. No hay nadie aquí.
2. No hay nada en el vaso.
3. No tengo ningún libro interesante.
4. Nunca vas al cine con Carlos. (No vas nunca al cine con Carlos.)
5. No hablan alemán tampoco. (Tampoco hablan alemán.)
6. No quieren ir ni a la ciudad ni al campo.

Actividades creativas

Possible answers

A. Una fiesta en la nochevieja

1. Quiero que solamente mis amigos íntimos asistan a la fiesta.
2. Quiero que solamente la familia traiga comida a la fiesta.
3. Quiero que una orquesta toque durante la fiesta.
4. No quiero que mi hermana cante unas canciones populares.
5. Quiero que todos los amigos hablen mucho.
6. Quiero que mi familia arregle la mesa para una cena especial.
7. No quiero que mis amigos traigan muchas flores.
8. Quiero que haya muchos taquitos y otros platos típicos.
9. Quiero que mis amigos y yo bailemos en la sala.
10. No quiero que los invitados se vistan con ropa muy formal.
11. Quiero que la fiesta tenga lugar en mi casa.
12. Quiero que toda la gente tenga que comer las doce uvas de la felicidad.
13. Quiero que la fiesta sea muy elegante y divertida.

B. Un tío rico

1. Con el dinero espero que mi hermano compre una casa grande.
2. Con el dinero espero que mi sobrina estudie música clásica.
3. Con el dinero espero que mi hermana viaje a Buenos Aires.
4. Con el dinero espero que mis primos asistan a una universidad.
5. Con el dinero espero que mis tíos puedan viajar alrededor del mundo.
6. Con el dinero espero que mi cuñada pueda comprar un coche nuevo.

C. Obligaciones

1. Fue necesario que yo me levantara a las ocho.
2. Fue necesario que yo me bañara rápido.
3. Fue necesario que yo me vistiera.
4. Fue necesario que yo comiera algo.
5. Fue necesario que terminara la tarea para hoy.
6. Fue necesario que yo llegara a la escuela a las nueve.

D. Otra perspectiva

1. No hay nadie que quiera hablar con extranjeros.
2. No hay ningún lugar donde los jóvenes puedan jugar.
3. Nunca hay actividades interesantes para el público.
4. No hay nadie que tenga interés en mejorar la situación.
5. No hay ningún restaurante bueno tampoco.

Unidad 7

I.

1. sea
2. valga
3. haya
4. quiere
5. fuera
6. trata
7. sepa
8. ofrezca
9. compró
10. puede
11. sirviera
12. dé
13. supiera
14. explicó
15. tenga
16. sea
17. salgan
18. vayan
19. está
20. esté

II.

1. por
2. para
3. Para
4. por
5. por
6. por
7. por
8. por
9. para
10. para
11. por
12. por
13. por (para)
14. para
15. por
16. para
17. por / para
18. por
19. por
20. por
21. para
22. por
23. por
24. para

III.

A.

1. ellos
2. nosotros
3. tú y yo (Ud. y yo)
4. conmigo
5. contigo
6. él

B.

1. sí mismos
2. sí misma
3. sí mismas
4. sí mismo

Actividades creativas

Possible answers

A. Problema económico

1. Necesito comprar una casa que no cueste mucho.
2. Necesito casarme con una mujer (un hombre) que sea rica(o).
3. Necesito un coche que no use mucha gasolina.
4. Necesito un billete de lotería que me haga ganar mucho dinero.
5. Necesito encontrar una compañía que me ofrezca la oportunidad de tener promociones.
6. Necesito una esposa (un esposo) que sepa ahorrar dinero.
7. *Answers will vary.*
8. *Answers will vary.*
9. *Answers will vary.*
10. *Answers will vary.*

B. Una compañía nueva

1. Busco un edificio que sea grande y nuevo.
2. Busco unos empleados que sepan hacer manejar *(operate)* computadoras.
3. Busco secretarias(os) que puedan hablar español.
4. Busco hombres (mujeres) que tengan mucha experiencia en negocios internacionales.
5. Busco personas que se especialicen en propaganda.
6. Busco personas que sirvan de representantes para la compañía en Sudamérica.
7. *Answers will vary.*
8. *Answers will vary.*
9. *Answers will vary.*
10. *Answers will vary.*

C. La pobreza

1. Los pobres necesitan trabajos que paguen bien.
2. Los pobres necesitan más oportunidades que les permitan mejorarse.
3. Los pobres necesitan casas que sean nuevas y más grandes.
4. Los pobres necesitan más ayuda económica que solamente el gobierno pueda darles.
5. Los pobres necesitan ayuda médica que un buen hospital pueda darles.

Unidad 8

I.

1. llegue	14. están
2. pudiéramos	15. hayan
3. existe	16. tocaba
4. hubiéramos	17. ganen
5. visite	18. consigan
6. estén	19. se gradúe
7. vengan	20. anuncie
8. reciba	21. vuelvan
9. compra	22. viera
10. encontraron	23. haya
11. despertó	24. haga
12. dan	25. coman
13. se vayan	

II.

1. Esto / Eso	6. Estas / aquéllas
2. Aquella / ésta	7. esta / ésas
3. Esta / aquélla	8. Aquel / Éste
4. este / aquél	9. ese / éste
5. Aquellos / ésos	10. esa / aquélla

III.

1. Nos vemos	4. Se hablan
2. Se escribían	5. Nos ayudamos
3. nos mirábamos	

IV.

1. Se me olvidó	4. Se le olvidan
2. Se le rompieron	5. Se nos perdieron
3. Se les perdió	

Actividades creativas

Possible answers

A. Problemas mundiales

El mundo será mejor…
1. cuando la gente haga esfuerzos para proteger la naturaleza.
2. cuando todo el mundo trate de proteger los animales.
3. cuando los diferentes países estén de acuerdo.
4. cuando todos los seres humanos sean más responsables.
5. cuando los jóvenes se hagan más activos.
6. cuando los niños no tengan hambre.
7. cuando todo el mundo pueda tener una buena educación.
8. cuando la gente sepa la verdad.
9. cuando los ricos compartan su riqueza con los pobres.
10. cuando los gobiernos empiecen reformas sociales.
11. cuando todo el mundo quiera paz en el mundo.
12. cuando toda la gente tenga la oportunidad de mejorarse su modo de vida.

B. Entrevista política

1. hubiera paz en el mundo.
2. los rebeldes salieran del país.
3. el arzobispo no hablara más de una revolución.
4. los obreros lo apoyaran.
5. recibiera más dinero de los Estado Unidos.
6. hubiera más maestros.

7. los campesinos le dieran más apoyo.

8. los Estados Unidos prometiera protegerlo en caso de una revolución.

C. Una visita

1. Yo prepararé una cena fantástica cuando Uds. lleguen.

2. Nosotros iremos al cine cuando Uds. estén aquí.

3. Asistiremos a un partido de fútbol cuando Uds. compren las entradas.

4. Saldremos con muchas chicas cuando Uds. quieran conocerlas.

5. Tendremos una fiesta de despedida cuando Uds. estén para irse.

Unidad 9

I.

1. sean	**14.** gastes
2. oyéramos	**15.** escuchara
3. haga	**16.** estudia
4. pueda	**17.** haya
5. salga	**18.** olvidara (olvidó)
6. sabía	**19.** prometan
7. tuviera	**20.** lleguen / llegaran
8. ayuden	**21.** hable
9. buscara	**22.** reciba
10. entendieran (entendieron)	**23.** se calle
11. compre	**24.** sea
12. supiera	**25.** viera
13. acompañe	

II.

1. cariñosamente	**5.** seriamente
2. felizmente	**6.** tristemente
3. elegantemente	**7.** pacientemente
4. cortésmente	**8.** cuidadosamente

III.

1. tanta paciencia como	**9.** más que
2. tan inteligente como	**10.** más de
3. más interesante que	**11.** tantas fábricas como
4. menos pobre que	**12.** mejor que
5. tanto como	**13.** peor que
6. gordísima	**14.** la mayor
7. el peor estudiante de	**15.** el menor
8. la mejor novela	

Actividades creativas

Possible answers

A. Planes para el futuro

1. Tú harás un viaje a Europa, a menos que tus padres no te manden el dinero.

2. Miguel trabajará en una embajada, con tal que el gobierno quiera emplearlo.

3. Margarita será actriz, con tal que el cine esté listo para recibirla.

4. Tomás y Ricardo tendrán mucho éxito, siempre que nosotros los ayudemos.

5. Nosotros estaremos muy contentos, a menos que la mala fortuna nos lo impida.

6. *Answers will vary.*

7. *Answers will vary.*

8. *Answers will vary.*

B. La clase de español

1. Yo miraré una revista de deportes, sin que el profesor me vea.

2. Yo veré lo que hacen los otros estudiantes, sin que el profesor me vea.

3. Yo oiré la música de mi CD, sin que el profesor me vea.

4. Yo le daré un recado escrito a mi amigo, sin que el profesor me vea.

5. Yo leeré mi lección de historia, sin que el profesor me vea.

C. Cumplidos

1. Tú corres rápidamente. Ganarás la carrera.

2. Tú hablas inglés claramente. Tú puedes divertirte mucho en Inglaterra.

3. Tú tratas a los niños cariñosamente. Tú serás un buen padre. (una madre buena)

4. Tú te vistes elegantemente. Tú serás modelo.

5. Tú trabajas diligentemente. Tú ganarás mucho dinero.

6. Tú aprendes fácilmente. Tú sabrás mucho.

D. No es verdad

1. No, no es verdad. Tú eres menos inteligente que yo.

2. No, no es verdad. Tú contestas más impulsivamente que tu hermano.

3. No, no es verdad. Tú tocas el piano peor que Teresa.

4. No, no es verdad. Tú estudias menos que Jorge.

5. No, no es verdad. Tú eres menos bonita que Madonna.

E. Opiniones personales

1. *Don Quijote de la Mancha* es el mejor libro del mundo.

2. La Casa Botín es el mejor restaurante de Madrid.

3. El Corte Inglés es el almacén más caro de España.

4. *El dragón rojo* es la película menos fascinante del año.

5. Los programas de *realidad virtual* son los programas de televisión menos divertidos.

6. Julia Roberts es la mejor actriz de Hollywood.

7. Robert Redford es el peor actor de Hollywood.

8. El boxeo es el deporte más violento de todos.

9. San Francisco es la ciudad más bonita de los Estados Unidos.

10. Las Montañas Rocosas son las más altas de los Estados Unidos.

Unidad 10

I.

1. hiciera	**11.** hubiéramos
2. hubiera	**12.** supiera
3. hace	**13.** salgo
4. invitaran	**14.** prestara
5. tuviera	**15.** tuviera
6. conocieran	**16.** viniera
7. quieren	**17.** llegara
8. tomara	**18.** vamos
9. fuera	**19.** estuviera
10. estudian	**20.** pudiera

II.

1. en
2. en
3. con
4. de
5. de
6. en
7. —
8. —
9. a
10. a
11. en
12. de (con, por)
13. —
14. a
15. de

III.

1. casita
2. chiquito
3. librito
4. pedacito
5. perrito
6. amiguito(a)
7. florecitas
8. hijito, abuelita
9. hombrón
10. mujerona

Actividades creativas

Possible answers

A. Si nosotros tuviéramos mucho dinero

1. Si nosotros fuéramos ricos, haríamos muchas cosas interesantes.
2. Si Ana y Elena fueran ricas, les prestarían su dinero a sus amigos.
3. Si tú fueras rico, ahorrarías todo tu dinero.
4. Si Enrique fuera rico, podría ir a la luna.
5. Si Ramón fuera rico, comería solamente en los mejores restaurantes.
6. Si yo fuera rica, les daría mucho dinero a los pobres.
7. *Answers will vary.*
8. *Answers will vary.*
9. *Answers will vary.*
10. *Answers will vary.*

B. La vida urbana

Answers will vary in this section.

C. ¿Cuándo?

1. Yo iría al hospital si estuviera enfermo(a).
2. Yo invitaría a mis amigos a una fiesta, si hubiera tiempo suficiente para llamarlos.
3. Yo ganaría mucho dinero, si tuviera un buen trabajo.
4. Yo les prestaría dinero a mis amigos, si lo tuviera.
5. Yo telefonearía a la policía si hubiera un robo.
6. Yo comería en un restaurante elegante, si no costara mucho.
7. Yo iría al Perú, si tuviera dinero para el billete de avión.
8. Yo me casaría si estuviera enamorado(a) de alguien fabuloso.

D. Observaciones

1. estuvieran locos
2. nadie pudiera oírlos
3. fueran dueños del mundo
4. no estuvieran preocupados por nada
5. tuvieran noticias muy interesantes
6. fueran profesionales

Unidad 11

I.

1. bailo / vendo / escribo
2. estoy bailando / estoy vendiendo / estoy escribiendo
3. he bailado / he vendido / he escrito
4. bailaba / vendía / escribía
5. bailé / vendí / escribí
6. estaba bailando / estaba vendiendo / estaba escribiendo
7. había bailado / había vendido / había escrito
8. bailaré / venderé / escribiré
9. habré bailado / habré vendido / habré escrito
10. bailaría / vendería / escribiría
11. habría bailado / habría vendido / habría escrito
12. baile (Ud.) / venda (Ud.) / escriba (Ud.)
13. no baile (Ud.) / no venda (Ud.) / no escriba (Ud.)
14. baila / vende / escribe
15. no bailes / no vendas / no escribas
16. bailemos / vendamos / escribamos
17. que baile / que venda / que escriba
18. baile / venda / escriba
19. bailara / vendiera / escribiera
20. haya bailado / haya vendido / haya escrito
21. hubiera bailado / hubiera vendido / hubiera escrito

II.

1. Los boletos de ida y vuelta fueron comprados por Carlos.
2. Muchas pirámides grandes fueron construidas por los aztecas.
3. El artículo fue escrito por el señor Martínez.
4. Los estudiantes son castigados por el profesor.
5. El itinerario será arreglado por el guía.

III.

1. Se vendieron los boletos.
2. Se había comido toda la comida.
3. Se anunciará el vuelo.
4. Se preparan platos típicos.
5. Se lavaron los platos.

IV.

1. correr
2. casarse, pensar
3. (El) esquiar
4. (El) hablar
5. leer / escribir
6. llamar / comprar

Actividades creativas

A. Planes de viaje

Answers will vary.

B. Las semejanzas y diferencias

Answers will vary.

C. A México

Content will vary for each paragraph.

Unidad 12

I.

1. Las / los
2. La
3. Las
4. —
5. el (los) / el (los)
6. el
7. — / el
8. el
9. las
10. la / el
11. las
12. el / la
13. del / del
14. la / —
15. las / la

II.

1. una / un
2. —
3. una
4. —
5. —
6. un / —
7. un
8. —
9. —
10. un / —

III.

1. Tenemos que
2. Deben
3. Ha de
4. Tienen que
5. Debe
6. Han de
7. Tuve que
8. Debemos
9. He de
10. Tiene que

Actividades creativas

Possible answers

A. Para sobrevivir

1. ¿Sabe Ud. el nombre de un hotel limpio, pero no muy costoso?
   Lléveme por favor al Hotel Roma. Está en la esquina de la calle Hamburgo y el Paseo de la Reforma.
2. No tengo reserva, pero me gustaría tener un cuarto doble con camas gemelas y un baño con ducha. ¿Cuánto cuesta la noche?
3. Me hacen falta jabón, toallas y papel higiénico en el cuarto. Me falta también el equipaje.
4. ¿Hay un buzón en el hotel? Tengo que enviar dos tarjetas postales. También tengo que cobrar un cheque de viajero. ¿Hay un banco cerca del hotel donde se pueda hacer eso?
5. Tengo dolor del estómago. ¿Cree Ud. que yo debo ir a un consultario o a una farmacia?
6. Quisiera (Me gustaría) comprar un billete de ida y vuelta a Acapulco. ¿Cuál es el número del vuelo y a qué hora sale?
7. Quería ir en autobús para ver el paisaje, pero el viaje lleva demasiado tiempo.
8. Mi amigo me ofreció llevarme, pero su coche no funciona bien. Necesita una batería nueva, frenos nuevos y llantas nuevas. Él debe repararlo.
9. Cuando vuelva a los Estados Unidos voy a viajar en tren. Tengo un billete de primera clase para el viaje entre la capital y la frontera.

GUIDELINES FOR CORRECTING STUDENT COMPOSITIONS

Before beginning to write your composition, the professor should read the instructions carefully. Keep in mind the following guidelines as you check the student's work.

1. **CONTENT:** Did the student include enough detail to show knowledge of the subject?

2. **ORGANIZATION:** Are the main ideas of the the student clearly identified? Is the organization logical? Does the student's composition show clear organization? Does the essay flow well?

3. **VOCABULARY:** Is the vocabulary choice appropriate?

4. **LANGUAGE:** Check the construction of sentences, the agreement between nouns, adjectives and verbs. Are the sentences clearly organized?

5. **MECHANICS:** Check the spelling, punctuation, capitalization. Does the student's writing show a mastery of mechanics?

The professor should follow these guidelines for this and subsequent compositions that he or she will need to correct in each **Unidad** of the Workbook/Lab Manual.